十七歲的少女情詩書

吟先／著

如果你問我，為什麼要說寂寞的十七歲，其實我也不知道，當姐妹們說：燕兒唱歌吧！那麼我們就唱吧！

燕兒有麥嗎？想聽你的聲音，那麼我們就唱吧！

知道你苦惱著、哭泣著、問著說：難道是上天在開我的一個玩笑嗎？

燕兒也陪著你哭了，雖然不知道姐妹們身在何處？不過相信經由你們的聲音與心靈靈犀，我們的未來會是迎向光明的，擦乾淚水勇敢的往前走，哪怕傷痕累累我們相約一定要攜手一個笑的臉，迎向每個璀璨的朝陽！

「每個渺無邊際的漫漫長夜，想念你的情懷如船如舟，而你是橫不過的三島，讓我難渡。」

代序
少女情懷總是詩

德國大詩人歌德在《少年維特之煩惱》中曾說：「少年男子誰個不善鍾情？妙齡少女誰個不善懷春？」鍾情與懷春在古今文學中占著極重要的地位，少了鍾情，愛不起來，沒了懷春，也愛不起來。脈脈含情的愛，自古以來就受到歌頌，很美的事情。文學家艾青旅遊西湖，寫了「在清澈的水底，桃花如人間，是彩色繽紛的記憶」這樣的詩句，相對於崔護的「人面桃花相映紅」，把自然山水和人間情愛混為一談，一直是歌頌愛情的偉大著作。

看了吟先《十七歲的少女情詩》這本情詩，不油然心中生起這樣的情懷。吟先是我國中時代的學生，求學時期，她就是一個好學不倦的孩子，儘管學校功課繁重，被每天不斷的測驗、考試、讀書沖昏了頭，但她心底的文學因子並不因此而斷送，相反地，在極其有限的時間裡，文學創作成為她生活裡的一部分。

做為她國文老師的我，也非常慶幸我們的制式教育並沒有磨滅一個文學愛好者的心志，吟先像牆腳的一株小草一樣，不管風吹日曬雨淋，它活得自在，有它的意義存在。當厚達296頁的情詩展現眼前時，對詩中奔馳的文字之林，我非常感動，並不是吟先這本書寫得怎樣怎樣的好，而是受到她孜孜不倦的精神感動。

好多次，吟先給我Line或在電子信箱中給我訊息，說她努力創作，不敢稍忘當年老師的苦心教導云云，從村逸和寒兩人的序文，他們簡短有力而確實地對這本情詩（他們口中的「二毛」）有相當程度導讀的作用，我豁然發覺在我身邊以前這個嬌小玲瓏的吟先突然之間長大幾許。

這本《十七歲的少女情詩》包含「憶語」、「薔薇詩集」、「花語詩詞創作」、「心曲系列」、「燕兒心夢系列」等五個專題，也可說是五個不同的主題單元，更可說是五個多元的不同年齡層次的思維。從國中畢業後到長成階段，吟先走出她特有的生活風格，這可以從她的作詩、彈琴、塗鴉、製陶種種方面看得出來。

傷春悲秋的愛情情懷，在一開始的「愛情是甚麼？」問句中，有之一之二連續的發問。不管是純白話的或是唐詩宋詞的語句，都有著吟先對現代文學及古代詩詞的鍾愛。當然在整個生命歷程中，吟先還是年輕的，不過從她吟詠的情詩中卻又讓人有著滄桑之感。不拘任何形式的作品，卻就是她別於他人之處，不知道在她底心靈深處駐著哪一方的神聖，竟然如此飄逸自然，行於所行，止於所止。好好認真品賞情詩作品，我們會被那深情文字組構的情感所迷，很值得細細品析欣賞的詩集。

前年，我膺任宜蘭縣文藝作家協會理事長一職，責任在身，需要一些文藝新血的加入，於是吟先便成為我第一個想到的對象，以她的認真、執著和對事情的投入，我相信她會在這塊園地中綻放光彩的。宜蘭縣內有可以提供寫作的園地，文化局有蘭陽文學叢書或蘭陽文學獎的設置，我都極力推薦和鼓勵吟先繳出作品，先進入文藝創作的園圃，看看同好怎樣灌溉、施肥、除草，然後歡呼收割。

寫作是一段極為艱辛而又孤獨的事業！我曾經在一次徵文競賽的場合，告訴參賽者要有感恩的心。「當年愛因斯坦獲得諾貝爾物理獎時，他不是也一直感謝這感謝那嗎？他就是不提自己的認真與付出，其實，認真耕耘者必會在土地上獲得收穫，寫作者要為自己鼓掌歡呼，每一個落筆瞬間的力量，來自於我們心中願意付出的動力來源。感恩我們身邊週遭的人們，因為他們的存在，給了我們積極向上的養分。」的確，在我們寫作之時，保持心靈的純淨、環境的清新、思慮的週密、感情的奔放都是必要條件。相信吟先在寫好《十七歲的少女情詩》的同時，這些優質的寫作環境一定是縈繞她身邊的。

今天的吟先已然不是十七歲當年的模樣，社會的歷練、家庭的牽繫、工作的積累、朋友的互動等都成為她創作的動力來源，十七歲只是一個標記，每個少男少女都曾經擁有過的青春歲月，但再回憶一次，幾個人還保有印象？吟先不同，在她細膩的心中，秀外慧中的個性，讓她留下了不朽的創作事業，每本書的出版是個人大事，在彼時此時，出版了這本書，當然其中有故事存在，甚麼樣的故事，只有我們細讀慢嚥之後，才知道情詩告訴了我們甚麼！

當詩集進行編輯，將要出版時，過去因寫作所有的辛苦、艱難等都丟到腦後去了。非常恭喜吟先出版了她第一本詩作，一本書的產生有著它獨特的誕生意義，希望在這樣一本如夢如幻的詩集之後，吟先能有更美更好的作品展現，且讓我們拭目以待吧！

徐惠隆

村逸序

接觸過二毛的詩詞文章後，發現她是一個有著玲瓏心思的創作者，字裡行間不只透出些許悲秋傷春的善感外，也是一個多情有義的奇女子。

除了文學創作外，還是個美術陶藝家、音樂家，不僅作詞，譜曲，還彈得一手好吉他，陶藝作品也不時的展出。

終究，才思是創作的根源，可以為詩、彈琴，可以塗鴉、製陶，清晨薄霧的淡然，向晚暮雲的絢爛，飄逸的思維中不失一份莊嚴的氛圍，持重的創作裡不乏一種瀟灑的氣度。

新書的發表只是延續的起點，蘇東坡的詩云：「若聞琴上有琴聲，放在匣中何不鳴，若言聲在指頭上，何不於君指上聽。」好文章不去咀嚼一番，只是文字的堆積，細讀之後，定然感染二毛的活潑、禪趣、甘苦、情懷以及生命的感悟。不管如何，這都是一種因緣。

村逸

寒序

二毛的作品，有古典詩的婉約，有現代詩的清新。在情感的描述，如斜陽照芳草般的綿長。只要細細的咀嚼，就可以感受為文者這份款款的柔意。長夜秉燭下，激起讀者也許久已不再的那串漣漪，觸及內心底處曾有的悸動。醉過、哭過、愛過、恨過，皆已化作生命中最單純的音符，跳躍在屬於一個女人美麗年華的樂譜上。在喧囂的紅塵中，暫時拋開現實的思維，找尋自己本來就有的感性一面，這就是在下邀您一起來欣賞這本小品的理由。

寒

目錄 Contents

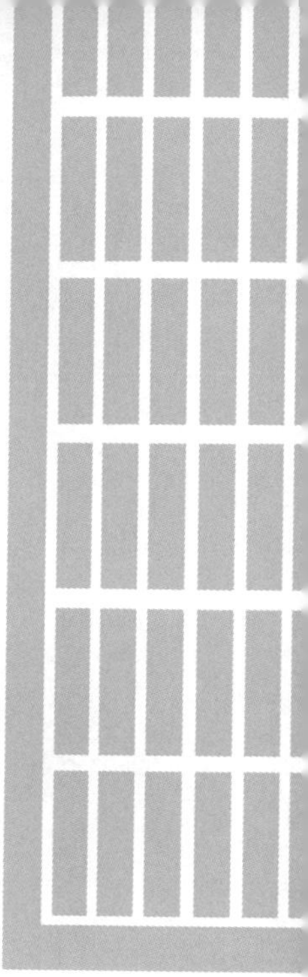

憶語

三年前三年後

愛情是甚麼？
我寄娃娃給妳，別啥都是祕密，小氣呆呆……想想想很想……
真的想一個人是無時無刻的，會牽腸掛肚，麵線有沒有留一點給我吃呢？
我好久沒過生日了，麵線沒人煮給我吃，還有蛋糕，我想吃點生日蛋糕，還有娃娃，可以抱抱，好想，好想……
相信一個人是很重要的，體貼一個人的心也是真心真情的。
嗯嗯？！嗯個頭啦～吃了嗎？
上課又被小朋友欺負了吧？誰要妳那麼小隻……
ㄏㄏ～多吃點ㄛ……
記得那份纏綿嗎？
餘味猶存至今せ……
好想再抱著妳睡去！很安然的感覺，滿足而沒有壓力！
愛情是甚麼？

親
我一直都在這兒在如此的夜想著妳……
親
我埋葬我自己
我是如此的愛你
可你不見了
親
在依裡做了四個夢

〈之一〉

那天的夜裡，想你的感覺，總以為是鼻子高高的，沒想到連嘴巴也是小小的。

在那叢林深處的古堡裡，我撥弄著長髮，總以為是溫柔的依靠，在月光下數到第九十九顆星子時，嘗著蜜汁的精靈跳起了屬於山谷裡特有的舞蹈

傳唱著～愛情的依靠～
仰望著天空迷惑著是要不要飲下相思之水～
那深埋在心坎的夢，是否還要持續～

問了山神他老人家總說也許吧！怪了，想你的感覺總是……
下次依要好好問山神～問嘗了蜜汁的精靈好了……

〈之二〉
我開始惶恐
也想念了～
一雙朦朧的眼
訴說著一個愛的故事
他是恒久不變的定義
而我依然在此等候著妳～～～
我哭了……生活使我害怕起來～
難道我一直在夢中嗎？

當愛情走遠，還剩下些什麼呢？
挽不回的錯誤，補不完的遺憾，
一件件、一樁樁刺痛著心頭，
刺啊刺啊刺到自己麻木、習慣，還有冷淡，
等到心頭麻木以後，又在午夜夢迴裡，

高唱著日有所思，夜有所夢的無聊夢境，
再狠狠的刺醒自己，刺痛自己的靈魂，
直到靈魂開始消散、毀滅，
愛情才算是真正的遠離，
真正的遺忘、真正的回憶，
再打造一個全新的自己，
再去遇到一個值得深愛的人，
值得託付終身的人，投入全心的愛，
又開始一段感情！
當愛情走遠，還剩下些什麼呢？
一點遺憾、一絲愧疚、一段回憶，
還有，另一段感情的開啟。
在同樣的星空下，你我的路已不再相同。
在同樣的星空下，我一個人漫步在街頭。
在同樣的星空下，一個人在沉迷在過去。
在同樣的星空下，回憶盤旋在前方，不肯離去。
在同樣的星空下，一個人跪在地上痛哭。
在同樣的星空下，你的身影穿梭我的身體，一遍又一遍。

（你在想甚麼？）
我無法給你真愛，
無法對你負起任何責任
只能這樣了
這樣的我
你還要嗎？

我沒有要你負起任何責任，也不會打擾你，但對你的感覺是真誠的真摯純潔的，請你一定要記得曾有個人在這裡默默的為你喜怒哀樂。

你真正的心想說什麼？
若是換成我說：我也無法給你真愛，無法對你負起任何責任，只能這樣了，這樣的我，你還要嗎？
請放寬心，我會給你真愛，但你不用對我負起任何責任，至於你要不要我，想不想我，你可以問問你真正的心。

媽咪我愛妳

台語詩歌

一枝草一點露
無論好天落雨
一眠惜金金看
攏是阮兮心肝
母親青春兮影
乎子無憂溫夢
看山花影暝變
媽媽愛咱兮心
親像萬水情深
鳥隻已大是阮
緊叫一聲丫母
愛妳愛兮寶貝

你在哪裡

一彎孤冷的眉月
疏疏地點綴著散佈的倩影
緊握著你

〈幻曲〉
不眠覓裳再盼心緣
依依難捨怎續蝶戀
一字寫虛千句成幻
徘徊曲罷藝界魅眠

〈思語〉
相思思情相思語
語深深處語深情
情夢夢醒情歸處
處心心淚雙棲無

依然愛你

〈一〉

雨的夜～靜的
雨的夜～悄然地爬進了
雨的夜～
愁人的雨真的是使人難堪的
牠靜的～
牠愛了
牠擾亂了我的心思
使我不能好好地～把你想了
令我想了～想了～想得停止了呼吸
想去夢中再見你～
才發現依然
夜的雨～依然想了～
想起你～
（依然愛你）

〈二〉

細雨紛飛，往事如煙
再續前緣不應有悔
羽袖輕揮　淚灑幾回醉
心思與誰
穿著紫衣女郎
長髮飄飄
欲語羞澀的臉
在有限的光陰如何進入～進入無限的空間
在空白與空白間存著一思思的聯繫　當煙消雲散時
請記得曾經停駐
月光森林有我的夢想與希望
盼望
梅影綴幽巖　疏枝著冷衫
百花難競秀　雙鵲共呢喃

想念夏天

在心靈的深處，
在青青的河畔草，
在一個人踏著晚霞，
輕輕的、漫漫的、
傍晚時分，
啼倦了的鳴蟬，
一聲聲，
催我歸去，
歸去夏天的懷裡，
灑下了幾點的情淚，
掉在那青青的草原上……
想念夏天

春

一身傲骨~任我飄搖
說不盡~春情意
沉醉東風~黃昏煙寒
夢迴當歌~莫負杏白
暗香魂~荷葉淚
珠珠幾愁~更深滿庭
~春~依舊~依舊

灰

我對生活也有一抹灰
不在眼球不在視網膜
真的　很累　很累
累到就要拒絕呼吸
時空弄不破
拒絕滅不了
想睏　想睏　好想睏~~

迷

忽然想寫封信給一個人，
也許是一個初次相見的人，
像是一首迷樣的詩詞，
停駐的是～在我的心～
猶似永遠打不開的～結～
來不及說再見，今生的相聚
是否為道盡來生的別離？
讓我拭去你所有心海的淚，
靜靜的傾聽那來自心海的～愛戀故事～
我還不及細訴與傾聽，
請你先暫歇你的腳步，
讓我能夠喘息的用心凝視～
能夠傾聽來自心的憤怒和失望，
而不加以任何的否定與評斷～
親親

相思情海生命將如繁花似錦般地美麗夢幻情衷如你
吹襲深夜心靈的脆弱
空氣中迴盪著愛的思想曲

親親
總是希望在寂寞的心田給你給自己絲絲的滋潤
你說的每句話都深深的印在我的腦海裡
我真的愛了文潤活了我的心苗

荷心

埋伏柔情羽絨意
荷心編織一襲彩衣塘影
像幻女般輕盈，倒影在我心
永緣~依舊執著
醉了還醒

向陽花語

笑聲空盪中迴響
微弱輕喘似哽咽
月圓時序已綠葉轉紅
溫煦的柔，忘了來時路
瞅著勁風喃喃低語
黑眸纏繞著黎明的曙光，綻放七月向陽花阿
凝望深情款款猶似含羞迷漾的薔薇
屬於靦腆來自光的解語花
如同蒸發的露珠思量清晨的想
難以成眠的闇夜，尋找依的歡
我搓著滿懷的圓迎向你
猶似陷入惆網深閨人間的女子，而你——
是我欲解難解的謎
為你　為你
念你執迷不悔

日夜思念那飲月色而嬌藏身七里香綠籬中為我輕綻輕顫的小
薔薇

誰聽夢裡雙弦起
雙弦起撥微寒意
微寒意澈冷湘江
湘冷江寒心絕句

寒曲

雙弦輕撥微寒意
微寒意心雙弦曲
意心誰聽湘江弦
冷湘微寒雙心繫

心寒的似湘江的冷
那些無名的哭泣
剪不斷理還亂
心刺似輕撥的弦
一個字是無言

勾魂

繁華似錦夜來的勾魂
傷痕發出囈語般的呻吟
熱燙的溫度瞬間冰點
淚水說話了，為何
心痛——觸感環著溫柔——漸漸
瑩眸閃爍
低訴輕吮捉住永恆的璀璨——
光明的花兒，總忍人愛憐
存在的真我，疼惜著相識、相知、珍愛——
粉唇上的印せ，吸吮起甜蜜——
嗯，吻火喚醒了沉睡的記憶

睽違的戀，扭動著、喘息著——
放縱的渴
再度占有，如捲入炫目迷亂的恍惚

在拂柳的飄絮撩起的裙擺
游移冰寒興奮的戰慄，期待的魂阿——
嬌吟地舔弄著愛的領悟
忽而柔軟忽而強烈衝刺最後的羞紅

我願意

融化憤怒的觸轉為啜泣
磨蹭吸引力的髮香守著相對的心
不起眼的綠枝為你插滿希望、裝滿璀璨——
來自幸福的花瓶
美麗的哀愁存在了真我
一個懂與不懂撒嬌的傻，直是依賴
什麼地老天荒，什麼海枯石爛，只要你
只要你柔柔的十指，捧著我依著你凝思的小臉
我雀躍地循著聲音希望是你，雪開始飄蕩著沉默

風來的時候正值冰天，那躲於花間的仙子難以啟齒的意
猶似裹著厚重的大氅，看不出內心的寂
眷戀與學習如何付出、接受、互信的約定
眼底泛起薄薄淚光，環著你、訴說著——我願意
盼天涯海角，多少的年光，我願意

溫柔的大海包裹起暖暖的月光
融化體貼的漾轉為擁抱

再次為你掀起了內心的相思意，
雖然是很孩子氣的話語，希望你能好好珍藏
那個不為人知的小薔薇，願意為你輕綻
在懂與不懂我願學習為你付出關懷真摯無盡的愛
珍惜當下，我把你尋……尋在深深的依戀、心底
盼文珍惜如先珍惜文般的真——

追尋

尋尋覓覓　覓覓尋尋
攀過無數的山頭
疲憊的眼承載幾多愁
衣袖拭去的是水嗎
誰的眼瞳始終離不開風
狂熾的火舞動了渴的念
痕跡的漣漪泛著輕飄的淡掃
生怕瞬間掬取的是似溪水的涼
定立在黑處的影
藏於纖細懸宕的筱
扯我入懷
如絲似緞
拂向依戀的風

夜網

一絲夜色
我又為你飲下
彷彿烈焰的情網
弦顫動愛恨交纏收放
蜜意濃盼穿刺矛盾隱青嵐
燃燒竄動懊惱的風在月夜
深冷輕親唇的狂想曲
神魂難離苦嘗絲
聚散無法自拔
黑夜愛芽
如夢令
琵琶曲　知音
琵琶一嘆：
春意看花難，西風留舊寒
相伴　相伴

晨昏一世對看
不倦
不厭

煙眸寒別

〈一〉

煙眸別離滋味濃，漫塵雕盡愁容
燭寒別鴻憔悴影，懷擁花蝶輕送
語燕別秋照茵夢，綺窗亂髮成空
蒼茫別風伴思情，岑寂柳色憶遊
飄逸別忘唇蜜柔，枷鎖還似緞綢
問文別晨雪來冬，十里兩地不同
切莫別心龍鳳丰，遙聞仙境玄弄
花開別情難重逢，暮帆千水波湧
最愛輕盈小喬紅，永裕鴛鴦心中
清風伴語惹花香，舞蝶晴春戲心藏
盈袖令霜迎落月，映松還語道桑涼
涼桑道語還松映，月落迎霜令袖盈
藏心戲春晴蝶舞，香花惹語伴風清

〈二〉

語燕別秋照茵夢，綺窗亂髮成空
蒼茫別風伴思情，岑寂柳色憶遊
別秋燕翦西窗簾，檽軒俯拾日影
寂柳行單風垂條，琴意瑟情折腰
你的平安快樂是我最最想望的
如此清寒的夜，月兒從靄藹的暮煙裡探出來的思念
照徹人間的喜怒哀樂了……而希望我的世界裡能長久擁有你
也冀望君心能與我同在與分享
很想你
桃李似飄飛　緲還浮雲
樓閣燕歸返相思溢滿壺

思春

縷縷柔情
綿綿細語
思念的音符
抖了滿地
億萬的靈魂唯一的觸動
纏綿醉月月不老
澄澈地照透了我的心
冬寒寒不盡如何圓了
圓了青春夢——
嫩枝柳眉春春光飄蕩那
那輕軟的春風
舞動綠衣仙子的背影
漸入濛煙中

桐花曲

桐花阿桐花
最愛粉白的自戀
細數多少美滿的芬芳
我無限的幸福
墜落
醒來撒了一地的愁
漫漫桐花惹憐妝彩滿枝頭
月嵌撥動心弦熠熠星子釀飲大地
靜謐的夜渴戀臂彎溫撫的柔
藍織閃熾最深摯的意
灑墨收放瀟灑花簇
點綴
像雪的漾
輕擁

互訴心曲掛念青煙的
桐花緣

舞弦琴

綠
柳眼
星辰孤帆
丹楓雲淡化灰燼
湘江望遍獨上層樓
竹喧楊柳雨霽何來歇
紅塵斷情墜落幽幽海
心夢難休花仙藏蕊
再度蝶殘
載浮載沉的虛空
問飛歲月青春何來擾
萬籟寂寂呼喚你的名
無處投遞思念生命的燃燒
風塵願隨步秋水長天寒
黎與明分不清念的擁抱

那撕裂的牢魂斷影的戀
邀飛伴吟舞弦琴風繞
齊映江山露與月
相思草猶涼
魂怨西牆
日落
紅

不離不棄

只想緊緊燃燒的擁抱
那是你
是你
是我
心的呼吸
愛的委屈
不再逃
只願再度緊緊的擁抱
飛雁千山只尋你

愛是寂寞還是苦酒
七月初在學校上暑期課程
但心還是像離了魂似的
飲了甜甜的苦酒
心夢難休花仙藏蕊

為什麼總是把自己深深的隱藏起來了
人生就是要活著精彩
沒有飛得又高又遠
重點不是我不離不棄
是妳要對自己要不離不棄

雙燕

平仄不論

千江有水千江月
分明波瀾分明夜
有心丫燕有心伴
蝶夢雙飛蝶夢樂

一抹淡妝

燕鶯似憐難傾訴
櫻桃小嘴不識故
欲語還休許情意
夏日凝懷憶仙無
落花時節又逢君
抹起淡妝觸傷暈
憶君惜君傳來陣陣鸝輕唱
寄語潮水愁晚陰
偏盼夏醉能透妾意君心
含羞還羞
恰似仙醉淡妝櫻唇
深深覓霧雲深處
默在琶舞伴君到天明共仙吟
我相信我心中的感覺

我想人生的起落也是很美
那雙明眸～～透視的是誰的心
如果這世上是溫柔的美
我相信我最初的感覺～
人間有葫
雙蝠旋繞
平安福至
暖風輕拂
記得簡單平凡淡然就是幸福
不忮不求

薔薇詩集

下課十分鐘的迷失

故人
人生
塵世難逢一笑
義先起舞樂逍遙
閒花探院聽啼鶯
多情人奈物無情
一醉到天明

天空

那綴滿雲朵的藍天
被晨光掩映成一片片紫霞
在藍藍微光底天空
形成一幅難以形容的美景
……那剎那的美善
令人驚豔、難忘
「天養大地萬物種，靈感通融皆愛憐。
心繫花語夢澤土，根深情延意相牽。」

有一個夢想

薔薇的夢——花之語
自己做陶，自己題詩
自己創作陶瓷，自己創作詩詞
用自己編的曲子創作舞碼
陶藝、文學、音樂、舞蹈、戲劇，是個夢
你該看看
在花瓶上彩繪的仕女，是一個夢
將詩詞創作在花瓶上，是一個夢
將完成的曲子編成舞碼，是一個夢
當夢想成真時，那種喜悅是不可言喻的
但我想與你分享
……以文會友不易，知己難尋……
你的夢想是什麼？

Just do it～
for the dream comes truth
How I wish I could fly～!

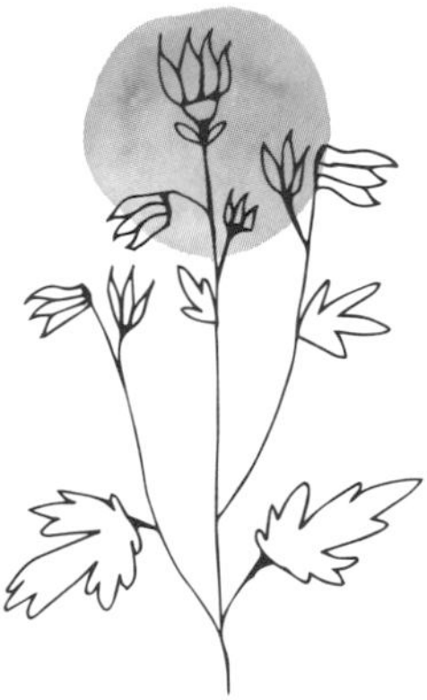

思慕

台語詩歌

〈一〉

稀微的人生　黯淡的路
燈火閃光伴著無情的雨
不管烏雲密佈

五月的閃魂　爬入阮的唇
春夜下雨暝　雨聲悽冷
抹動感動你的心

那條愛情熾熱的網
相逢七夕無盡期待的夢
親像桂花想送乎你的香

〈二〉

碧天春容何時透心的影

夜夜跟你說盡思君的疼
滴滴珠淚雲清清意綿綿
真情真意怎堪是憂愁暝

〈三〉

等你的心抹變
一條有君陪伴的旅途～放抹離
天可證明　想起當初輕聲入耳深情一片
猶原歸暝難眠　惦故鄉等待你——放抹離

傷心話

台語詩歌

彼張寫著滿腹痛苦的傷心話
一字一句刺了阮的心肝底
你咁知影是對你深深的癡迷
也袂凍放棄對你的等待跟殷切
千醉含著目屎的苦戀杯
捧向高高的天，失了主意，嘸通袂記
深深牽著你的手，吻著滿腹的稀微
也嘸咁放離
甘是注定命該愛來疼痛你
一字一句攏治阮的目睛內
閃爍的滴落
肖想甲你牽手行
為何你麥乎阮難過
萬語的真心話
偏偏留著一句傷心話

阮無語望向期待的天
夜暝那件鴛鴦被
已無了溫暖
心也無路可退
像熄了生命的火

影戀

濃愁不識初愁濃
蹤隨終與君隨蹤
風如纖腰覓如風
影戀蝶飛伴戀影
多少心事幾多愁……情處　如風
欲吐春語朝雨留……愁濃
東風依舊　南北相離　抓不住
兩岸薔薇，夜鷹伴飛、輕鷗點露、尋覓無蹤
再見雙燕，楊柳輕煙，與君細細訴，卻只有愁濃

快樂

如果你想得到愛，
就學習愛人；
如果你想得到快樂，
就帶給別人快樂；
如果你想物質富足，
那麼就幫助別人富足；
所有我們對別人想的、說的、做的，
最後都會回到我們身上來，
這是亙古不變的道理。

紅塵幻

雨如絲　輕似夢
仙鏡幻醒湮水寒
惜緣鴛　依畔鴦
欲穿醉舞紅塵淡
魂徘徊　思春惆
試問誰似多情堪
多情總被無情惱
羡慕定風波阿

浪漫的花語

一朵代表你是我的唯一
花語是想像
盼有心人憐香惜玉
深情款款的
解語花
「花若勝如奴，花還解語無」
不知君能否解花語？

送我一枝玫瑰花

為愛癡顛
為情眷戀
情卻如煙
愛似迅風
為醉依戀
淚眼婆娑
就在這春夏秋冬
不停地流轉

蒹葭

蒹葭蒼蒼，白露為霜
所謂伊人，在水一方
溯洄從之，道阻且長
溯游從之，宛在水中央

此首〈蒹葭〉：抒發對伊人無限的思慕期盼，卻無法接近的惆悵……

也許是打開當時心境的窗

薔薇的女人

我心中的一畝田，緣起自對好友的思念
猶記試鏡的那一天，她嫣然一笑，宛如六月的茉莉
說「哈囉」的那一刻，我們日後整年穿梭於棚內、棚外拍
戲，詮釋人生的舞台
喜、怒、哀、樂，深植在我們心中蕩漾，她都是第一女主角
記得：第一場景……朦朧的夜，猶似美人朦朧的眼，輕啟朱
唇……
那夜，她用發亮的眼神告訴我：她好快樂，她即將成為世界
上最浪漫最漂亮的新娘
我說：真的嗎？
猶記：第二場景……轉入時光隧道的入口，迷濛閃爍的霓虹
燈，……
纖細的美人腰……細訴愛情的思念，那擁抱 那惆悵
她用謎樣的眼光告訴我：「我……好迷惘！該告訴他，我好
想他喔！」

我說：「妳不是明天要成為最漂亮幸福的小新娘嗎？」
猶悉：「第三場景……歲月的眼睛，輾轉不停啊……」
猶似找到時光隧道的出口，昏黃的街燈，萬籟俱寂，河邊青
翠的蘆葦，
閃亮著欲滴的露珠，而我們……一前、一後，
默默無語的走著、走著，
導演一聲「喀」很好，收工，到了休息室，只見她
輕斜著嬌小的身軀，香肩微顫，忽趴在桌上，吶喊我該怎麼
辦？……嗚……
見嚎啕大哭的她，我說：「妳怎麼了！」她依然不語
第二日，東方已泛白，而我的心依然不安，她不見了
朦朧的眼、朦朧的夜……伴著朦朧的美人肩……
傳來的音訊，她已成為——最美麗的、已逝去的夢幻新娘
第四場景……我獨自收拾行囊，回到故里，鎖上一切記憶

鷹鶯雁燕

你～來自深山的鷹
我～隱入清泉的雁
你～宿醒露濕的巔
我～依寐溫柔的眷
你～倏似鏡裡的煙
我～漫盼流雲的風
鷹與雁是否相逢於夢裡的醉
夜鷹是否珍惜夜行蟲的戀
何處是無盡共影的依歸
多少聽君君聽的淚眼
依舊春夏秋冬伴隨

人生的際遇

回憶之光
閃亮著……
人生只要曾經擁有就是快樂的，
無論是愛情或親情，
要好好把握，
在自己手中的時候

我真笑自己的癡

就這樣形於辭色間
惦記在心裡的是
一種缺憾～觸摸不到的～
你
沉思～手掌的吻是
誠懇請求的吻
淺淡單薄無依靠的是～
依然做著甜適的夢
雨下著毛毛的細點
還是～觸摸不到
你
是真的～
一種缺憾

醉翁思雲

醉翁不意偏飄鳥
月雲霓情翼梅仙
仙家猶似綽約見
雪膚雲起海思醉

孤單兮相思

台語詩歌

只有孤單兮相思
雨滴珠淚也流
袂凍陪伴兮天星
心抑是親像冬月兮冷
明知愛情是無言兮影
為何愈想心愈痛
疼佇阮兮心肝
海風無情兮靈魂
稀微孤單無言兮選擇……是你
無緣天地癡情兮決定……是我
冷冷兮月　叫汝一聲　阮兮心肝
疼丫疼
寒寒兮夢　叫阮一聲　汝是心肝
夢丫夢

一個人孤獨的走在紅磚道上，街上霓虹閃爍，
寒風吹散了我的髮絲雖迎風而泣，
但還是完成三年四個月的培訓
在此學藝的初階段，該如何使自己更為堅強，
忍住淚水咬緊牙根
完成了不可能的任務~~
也許今夜孤獨的不再只是一個你

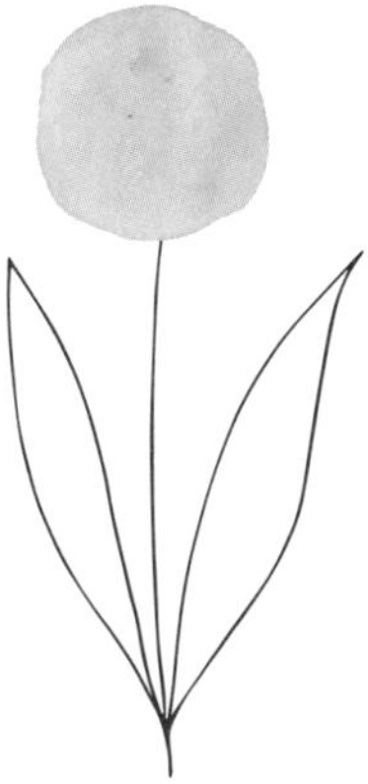

恨別離

歲月轉眼過年華去無蹤何必尋煩悶年少應春風
少年不知愁滋味只為詩書強說愁
情也幽幽恨也悠悠
網中相遇是種緣
千格萬里遇見你
昔日相聚換來今日別離
何能以堪？
明眸似水妙語如弦
不覺曉霜雞喚
而我的身影漸憔悴
想你～再見遙遙無期
一唱三嘆無限憂傷

風中的早晨

只聽見永恆的潮聲
迎向風中每個早晨
盼
櫻花再現
創作設計
永傳芬芳

厝內的愛

台語詩歌

惦在厝內的番ㄚ火
親像ㄚ爸疼惜子兒的心會凍作伙
總是教阮凡事堅持
忍耐和飯吞～
蠟燭火的愛親像厝內的柱ㄚ
無風無搖乎阮今仔日
……有希望……
……不再茫……
ㄚ爸你要快樂健康ㄛ～
ㄚ爸你要快樂健康ㄛ～

記得快樂

希望你也要記得快樂，
雖日子過的累ㄌ，但要記得歡樂的日子，
好好出去走走，不要跟我一樣，一直埋在所謂藝術的漩渦裡，
已無法自拔了，歲月匆匆，而我的心已無法朝向靜的深處，
靜的靈魂深處，是一把無形的刀，
多愁善感是一把無形的刀，刺痛了我的心，
我的靈魂，我的所謂藝術創作，已隨歲月消失了，磨滅了，
記得，我記得上課的淚與累，希望能繼續加油，不要放棄，
希望能記住學習的歡笑，但我好像想哭的厲害，怎辦？
歲月日復一日，月復一月、年復一年，
我的心，我的靈魂深處已不能再接續下去了，
我的愁，我的憂慮，是一把無形的刀，
刺得我好痛……
但記得，你要記得快樂，你要快樂迎向美好的明天……

愛的蠱

天空還是下著雨
我該說那是淚雨
不夜城的魂夢裡
該說是幻夢嗎
不願停也不願醒
皆在三月淡淡的清香
嗅到了愛的～味道～

黯然留下眼淚，而你總是讓我哭泣
唉！無情的風，無情的雨，
醒來灑了一地的愁
我想人生的旅路就是這樣的了
若是此刻你與我同看著落霞
天地當另換了一種顏色
但天空是一樣的

在你我深處
深夜寂寞
想你
獨嘗
相思苦
愛的毒
無解
那是愛的蠱

睫毛深處

〈一〉

這個世界上，有一些事情只有經歷過的人才會懂！
在晨光裡
你在我懷中
微動心靈的睫毛深處
將醒未醒的時候，
你用真情掩護著我惺忪的媚眼
於紛雜的人生旅途
我聽到了
你雨中的傾訴
我解卸了
來自深處的心海
我們的青春正在蓬勃的生發
美好的夢正長

〈二〉

我揪著一顆心 整夜都閉不了眼睛
寫封信給我 就當最後約定
你漂泊的心
我狂落的淚
藍色憂鬱的眼睛

〈三〉

要不要放下是經歷過的人才能選擇的事，
其他人來說都只是風涼話

夢

在風中低鳴　亦在雨中哭泣
只是低訴那逝去不再的風花雪月
如此美麗不真切
如此虛幻活生地
在夢中亦如夢境
so today so yestaday

我發現我一直都在夢境中，不願長大
那種浪跡天涯的感覺，似曾相似，
一夜知秋，柔情如我，
輕攬纖腰，深情如你，
人總是追尋一個夢，浪跡天涯只為逐夢，也為築夢

飄思

去春殘影～飄飄然婀娜
今夜～春臨風飛舞
水花飛濺，灘底苔蘚
杜鵑盛開～疑為天上人間～
是誰的心？
鑲嵌碧綠、超塵不凡～
醉人欲狂～～
谿澗秀峰～念心愈切～～
盡在不言中～

親情

台語詩歌

想起ㄚ母無時歸，親像針線剎抹開，
開花冷暖有意味，教心阿爸流雙淚。
淚枕風吹一枝春，感恩父母疼惜阮，
阮今打拼來吞忍，順您年深能光輝。

四塊玉（孤路）

柳暗續　花落枯
追尋晨星疑無路
雁處詩吟夜寒孤
得之我幸　失之我命
魂斷乎

無怨無悔（風中奇緣）

獻給親愛ㄉ爹地要健康快樂喔～

無岸之航　岸已遺忘
夢境的邊緣
弱柳垂盪
攀折的過程
渾身是傷
驚駭的旅程
心悸若狂
失槳的舟子
意亂心慌
遙遠的星座
輕渡迷航
閃爍的星子
疲累滄桑

無邊的海面
依然無方向
而……
夜未央

天空

那綴滿雲朵的藍天
被晨光掩映成一片片紫霞
在藍藍微光底天空
形成一幅難以形容的美景
……那剎那的美善
令人驚豔　難忘
「天養大地萬物種，
靈感通融皆愛憐。
心繫花語夢澤土，
根深情延意相牽。」

祝福

塵歸塵，土歸土，是風、是雨、是雲、是海，是隱藏深處觸
痛了的一個距離
遺落在深邃眸裡的是空白與空白間的寂寞
在彼岸陷入獨孤的是濃的情、蜜的意
心跳的悸動因著遠離的黃昏銜接著黎明
漫漫殘影，晨曦的邂逅，在美麗的睫毛裡，臨風飛舞……

望君思情

台語詩歌

紅花哪會攏袂芳　阮兮心肝像花叢
懷心癡情多情夢　無情郎君心戲弄

想汝想了歸落冬　紅花為何攏袂芳
胭脂水粉抹紅紅　汝甘知影心沉重
月娘阿！月娘，請汝聽我講
阮甘是佇咧眠夢　予伊知影
阮是真心兮想汝
阮是真心兮愛汝

「望君思情」是為紀念多年前在演藝界
時常受伊照顧兮姊姊為愛殉情
蘊含了深情兮愛憐

心詩

當我再次回到這格
我是難禁的哭了
為誰潤活了我的心苗
飄搖的生命熱愛的生命
這嬌小的身軀
沒有理由要摧殘自己的身體
心靈的歸宿
謹候你的回音
惘然愴然破裂一般的痛
夢見的就是你
不獨不滅輕地
深怕像青煙一般地幻滅了去
我的生命我的靈魂
夜靜更殘
為你寫心詩一首

等待熹微的晨光
盼到一彎孤冷的眉月
彷彿看到一幕異地深情的擁吻
我
含著柔淚
跟著我的影
隱入香夢
不願醒

是誰偷走了水仙花的心？
還是山谷間傳唱的知音～
當我背起了行囊
記得有我的等待與希望
而你～～在我的眼

甘願想你

台語詩歌

愛你愛的心袂變
想你想的情袂斷
天地有情人間有愛
不知有啥麼代誌
月光光照阮床
日頭落山甘是聽了你的聲
看了你的影
欲想不敢想
留阮欲是如何
三不五時做暝夢
想你的心不知到底有外重
明仔早希望是美麗的世界
歡喜的日子
嘸通乎阮一直等
心裡親像是火燒山

那無你攏無希望半項
試看覓
風吹打落的驚惶
害阮不知要安怎補
補彼心碎的目屎痛苦
希望跟你作伙同心
想你
親像六月風颱
無法逃避是阮對你的情
阮心驚驚的心無人扛
請你想看覓緊想看覓
我永遠惦佇這
嘸通袂記透早的期待
阮的希望

思念

思念像淡淡的髮香，
我說那是……致命的吸引力，
思念像永不止息的河，
潺潺的流入我心海，
猶似在寧靜的湖面上打起水漂兒……
掀起陣陣漣漪，
今日的情是否延續前世的緣，
多少個溫存的夜……情不自禁
你說不能滿足那……短暫的相見
柏拉圖的戀情，我們一直都想跨過此線
冬日將盡，
也許你終究不願被細麻繩綁住，
放棄了掙扎……
春天將至，是否曾想再次擁有？

黯然留下眼淚，而你總是讓我哭泣
唉！無情的風，無情的雨，
醒來灑了一地的愁……
我想人生的旅路就是這樣的了
若是此刻你與我同看著落霞
天地當另換了一種顏色
但天空是一樣的
在你我深處

殷盼

需要彼此的諒解
更需要彼此互相的慰藉
用微顫的手指捧著小臉
沉思著
但為何
心是這麼的跳躍著
思想紊亂而紛雜了
熱愛生命的真情
自然的滋長
自然的燃燒
寄望著一個美的未來
盡心去創造
彷彿無邊星辰微小的觸發
卻是無盡的等待與思

晨星與彎月
何處相遇相知

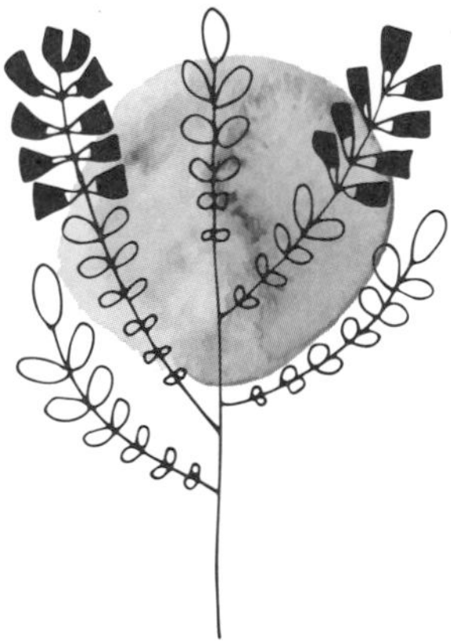

遺憾與悵惘

愛恨情仇，喚不醒前世的記憶
纏纏綿綿的情愛，有誰知否？
時空的旅客，夏天的聽語，幸福的神話
陽光照耀在心的孤單，微風和煦，擁抱墜入輪迴
心念慾望的輾轉，交會明天永恆的憶
春暖的戀，我期待每個「憐」
遺憾與悵惘
是我
是你
是
你我～

累與淚

曉風殘月
廣寒冷夜
深避寂寂斷腸累
蒼茫醒悟憶怨懟
嬋娟雲深難歸回
薄體哪堪相思淚
遙知寒江幾度水
倒影波瀾不語霏
暮霜更驚落花垂

憶相逢

雨的夜
愁人的雨
夏日情懷依然蘊釀
如夢幻泡影
如露亦如電
如癡亦如青
六月美麗靈魂的凝望
情人的幽思
注入了一種來自
心靈銀色夢幻的情調
於晨光昏沉似醒非醒
不由的輕喊了你的名
此刻隱逝的火車聲
雲端的山峰
松籟呼嘯飄影

巍峨的峭壁
回憶的害羞相逢
一瞬的眼眸
有許多的話
要在你面前傾吐
希望以後我們能切實的共同去努力
經過了雨愁思
濃厚的感情不容抹滅了
凝望著你
輕輕依偎
更容易流露出真摯的感情
夏日情挑
我為你微笑
我含著熱淚而微笑了
是灼熱的雙頰
潤溫的雙眼
如影長詩甜美回憶
鍾情的真切

我
念
我
想

一個你

如何壓下胸中的愁意
悠悠的
我凝望著你
似火
火灼傷了我的指
我……
無垠的深摯的愛
撩起心頭無盡的亂
你……
似那孤零的鴻雁
我……如同被
離分的魂

過痕熹微晨光依偎的
你我

花語詩詞創作

詩心

西風靜海旅
問問寒弦雨
笑霜窗掃宵
眉黛依相許

春夢

柳綠桃紅～比煙霧還不可捉摸
的夢境
霏霏的細雨、冷冷的風
如夢幻泡影
昏黃的靜夜中漫舞
滾滾風沙～十四行詩
瞬來的急～淹沒你我
柳腰殘夢
窗外的春天朝陽
總是靜靜的灑落晨來的夢
而你
像火焰上的蛾
而我
恰似靈魂薔薇

美夢

畢竟已快夏天了，夕陽也多了些光芒
還是喜歡在晚色中玩賞的、靜靜的
寫著屬於自己小世界的詩～
是「無名詩」吧！
懵懵懂懂，似懂非懂的踩著輕慢的腳步，
步行在無塵無煙的松林間。
鮮豔般胭脂的斜陽，溜過了西牆，
悠悠的小鳥的嘴尖在密葉間忽隱忽現的
烏啾唱和著，白頭翁雀躍著，
綠繡眼上上下下像是風箏悠遊的起盪著。
有的在樹間跳躍，有的在芒花上輕點，
有的在竹葉片裡拼命的啄食，是一幅美麗鳥園的觀賞圖。
而你總是讓我獨自的在這無名的鄉鎮，
我與生命的靈魂，懷著思念的腳步，
對著熊熊的烈火，夜未眠……

不同的鳴叫聲，有的清脆悅耳，
如梆笛高亮的脆音；有的是鋼琴高八度的切點音，
隨風的颯颯聲，
彷彿國樂陽明春曉，梆笛、鋼琴與二胡的三重協奏曲，
既美妙又舒心。
夜暮低垂，隨著「愛的羅曼史」我……
依著循著美麗的香夢，在火焰上出現了一個「你」
窗外的「綠繡眼」像是給我滿懷的遐想，
紅的葡萄酒斟的滿杯，高高的舉起～
互道「晚安珍重」
啵！的一聲，我自美夢中驚醒……
常幻想我擁入懷的
原來是我自己

迷

翩落在冥迷的不夜城
閃爍塵冷的繁星
漫漫喚醒竹籬茅舍的幽
失憶的過往如追尋的翅膀
楊陌戚戚花落盡秋
心與靈亦徬徨
楓已轉紅
怎忘得千縷情賦
那十里煙波逍遙
飄零誰語畫詩書
溪月照我~右思伊人
離魂隨雲~左盼夢君
仙侶蹤跡恰似枯葉的盼
曾記眷戀小城風光
在晨的風

輕吻遠悉飄來的影
青絲猶戀寬厚的胸膛
欲柔依偎楓意倘佯
心的不夜城
有我的期盼與等待
我……依然在……

迷

忽然想寫封信給一個人，
也許是一個初次相見的人，
像是一首迷樣的詩詞，
停駐的是～在我的心～
猶似永遠打不開的～結～
來不及說再見，今生的相聚
是否為道盡來生的別離？
讓我拭去你所有心海的淚，
靜靜的傾聽那來自心海的～愛戀故事～
我還不及細訴與傾聽，
請你先暫歇你的腳步，
讓我能夠喘息的用心凝視～
能夠傾聽來自心的憤怒和失望，
而不加以任何的否定與評斷～

再見琵琶相思細語
天地有情人間有愛

戀的靈魂

～雪～

若是有來生，來自驚醒的靈魂，
是否再次觸痛……
觸痛無悔的時空阻隔
相距的兩岸橫逆的試煉
隱隱撫入心弦摯愛的兩人
凋萎容顏的消逝
一償宿願的無語來自心海的鏈
悠遠情長地我將你擁駐漫漫長夜
無邊愁情意戀舊夢
蘊含不盡的是殘照無眠
畫魂魂墨東風依舊
那熟悉的陌生想像
愛你之前我一無所有……再次回眸
糾纏的夢幻緊握你的手

喔！
月的光落盡殘紅彷現霞影
親吻玫瑰猶似輕觸你殷紅的唇
萬籟沉寂我的心……
似花間精靈再次甦醒

花之語

別來春半，觸目愁腸斷
浪漫的花語
曾擁有、曾盼望、曾思念
一朵代表你是我的唯一
二朵……你濃我濃
三朵……我愛你
也許你我都在追尋吧！追尋那
如浮萍般的夢幻
寄情有情天地
永恆的剎那
許是盼到你的歸來，許是聽到妳無情的說離別……
別來春半，觸目愁腸斷
砌下落梅如雪亂，拂了一身還滿
雁來音信無憑，路遙歸夢難成

離恨恰如春草，更行更遠還生

相思、離別……

靈魂的深處

〈一〉
春天像天鵝絨一般的溫柔可愛
別了你，我心裡充滿了思的情緒，
柳樹的嫩枝，到處飄蕩著，
彷彿想登度彼岸，
化蝶與你溫柔的沉醉

〈二〉
你說：許是一首新生命的歌調，
我舞踏著新生命的跳了那一支「永恆」
我不想深溺悲傷苦悶~
但為何總是佈著愁哀淒涼的景~

〈三〉
我說：春天的薔薇，希冀重新閃些光芒，

歲月的驚喜，甘心受縛束的心
心靈獨自的醉，
沉在呻吟鹹濕的淚，
含著淚凝視~火般的心環投向你，
摸索的青春擁抱著心靈中的感覺……努力創作……

〈四〉

我　如何割破這創痛的心
神祕的輕煙，悠長的鐘聲
你　陶醉在暮靄襲來的晨~
情人的幽思，靈魂銀色的夢~
我　蹬縮在滿是薰衣的花浪，
好似一隻無羈的燕~嬌媚的眼
你　在青青的河畔草夢憶著~
並肩相惜的那一幕~幾經思量深處
我　含著熱淚，是灼熱的雙頰
祝福為你~在寂寞中甜美的遐想
你　如影輕風，化作渴念的翅翼

祝福為我……多情擁抱孤獨……勿忘

勿忘一聲勿忘～泛現一絲微笑
勿忘一聲勿忘～猶似春風在我耳邊
說了柔軟的話～
而你我在心靈～心靈的深處～

七弦琴

是誰彈奏起七弦琴
是麥丘里～
飛著翅膀的邱比特～
花戀蝶般的依偎
是誰偷走了水仙花的心？
還是山谷間傳唱的知音～
當麥丘里愛上了美神維納斯
七弦琴悠揚的旋律
猶似古琴幽幽
來自山谷的思慕
是你～是水仙

Darling, I promise you this,
I'll send you all my love,
Everyday in a letter,
Sealed with a kiss
思念——是世間最遙遠的距離；等待——是愛情最久的習慣
網中相遇是種緣～千格萬里遇見你

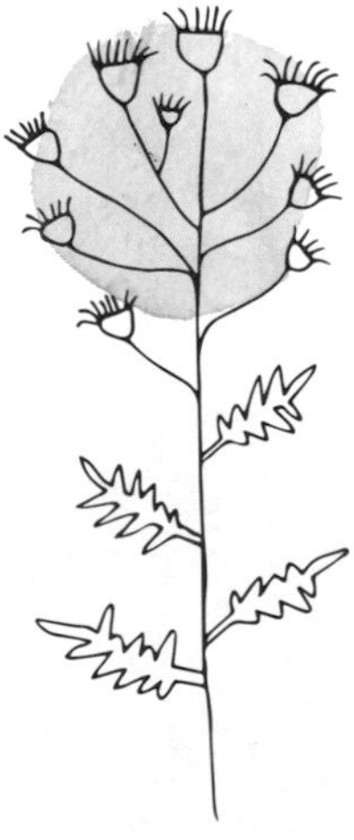

心琴ㄉ祝福

ㄉㄛ、ㄖㄨㄝ、ㄇㄧ、聲聲響起ㄉ旋律，
那ㄍ最愛ㄉ圓舞曲，翩翩起舞ㄉ是我們ㄉ心，
難以形容ㄉ「鋼琴」難以啟口ㄉ情與意，
皆在圓舞曲的依偎中停止呼吸。

心聲

火鳥流星錦鏽盈，離人依舊影遊宵
神仙過海樂聲頃，笑酒吟風獨自遨
好入一生論疊世，京城不過忘寂寥
琴心竹管南山調，近賞芙蓉往愛橋
你甘會凍真正體會……真正覓咱的心聲
咱總是無法度知影，互相心內的痛疼

如何告訴你

我的確是為難著，
心緒也十分混亂了
又如何捨得你？
一個真情的告白，
使我的眼中含了極苦酸的熱淚了
少年的維特？
我夢裡擁抱的愛戀啊！
我的心已經被思念撕成碎片了，
我將如何告訴你要珍惜……
珍惜……
我愛的，我日夜哭泣著
烈火般的飛蛾啊！
我願意痛哭到生命消滅

如何告訴你珍惜……
珍惜……緊握的羞澀……
……的想念……

相思

一縷相思，纏在我的髮際，
濃郁的烏絲，繫著你的夢期；
滑溜的長蛇，輕輕地吻起……
靜靜的目送，月光的別離。

哭過的靈魂

若是哭過的靈魂會說話
我願抹滅「靈魂的深處」

害怕

我哭了，生活使我害怕起來，想起遠方的你，
難道我一直在夢裡嗎？
似乎我到了另一個世界，不再是以前的我了……

羞澀

我們羞怯怯走近了無人的湖畔
陽光底下的湖邊森林
紅濃春光溫柔的背影
隨著眼眸深處的顏色
絲絲入扣好像心中鮮紅的血潮
隨著他的心魂飄揚我們的戀慕
在春碧綠地滋長著
靜靜無語
含羞地紅了臉龐
一絲絲地在風聲互相告訴
我愛的
愛的束縛
依然羞澀

尋

在格中停頓了
思念的心
沉吟不語
請告訴我你的歸期
找不到自己
一段過痕

惱人的雨

前幾天的雨困惱了人的
她就好比愁思樣
無限的惆悵

信件上的筆尖
變得很脆弱
幽暗的燈
唯恐此星一日飛去

斯人何在

更闌人靜倚窗前
孤星寒月雲裡藏
景物依然心神往
斯人何在問穹蒼
生長在風中的女孩，該有她獨特的孤獨
在睡夢中的我是否昏沉的度日如年呢？
風未能將我的思念吹熄，只是使它更為熾熱，
不知道今年的日子該是喜？是苦？是樂？

殘跡

不知不覺地春已逝去了，
你在哪？不過他還留了些殘跡，
而你在哪？
此刻滿眼蓬勃的氣象，
都是帶來的禮物
你在哪？

琵琶語

花自飄零
兩處情愁
琵聲再起
問春
惜
君

緣

若是「緣分」——可否化成千百個偶然
在夢裡　眼裡　心湖裡
飄然轉旋回雪輕，嫣娥縱送驚遊龍
小垂手後柳無力，斜曳裙時雲欲生
煙娥斂略不勝態，風袖低昂如有情
白居易《霓裳羽衣曲》
心
湖裡
蕩漾蕩漾　迴旋

靈魂

會哭的靈魂
會笑的靈魂
因為有
你

玫瑰三願

一願：君心神愉快……快樂時光多過憂傷
二願：君心似妾意……勿忘歲歲月月年年，妾將近旁相隨
三願：君心想事成……不管何處發展你的理想，當你展翅翱翔
願為你祝福
願你快樂無牽掛
Nothing's Gonna Change My Love

思愁

我來自遠方
欲乘羞澀的風
鶯啼燕語的盼
鴛鴦戲水總成雙
來自遠方的眼
兩地思愁望穿斷腸的憐
魂醒驚夢旎旖遙想柔的戀
來自遠方的墜
輕喚如許花寒誰弄塵染
年光凝處無語煙愁淚
似羞似迷綿綿幽思人間
你來自遠方
記君憶卿心

遠眺無際穹蒼
恨離離情覓覓
年年歲歲暗慌

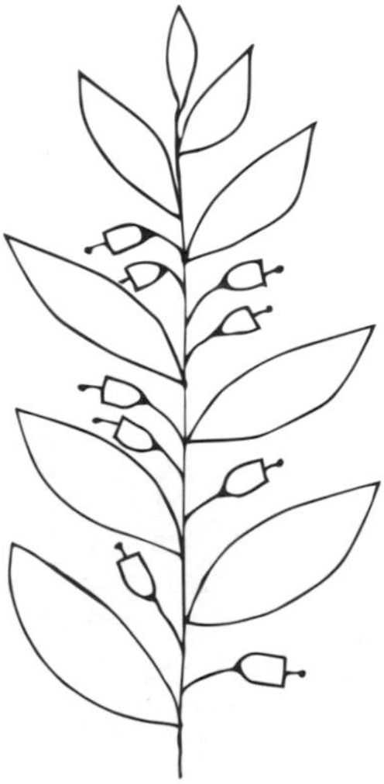

思語

相思思情相思語
語深深處語深情
情夢夢醒情歸處
處心心淚雙棲無

相思

3朵代表「我愛你」——我愛你
相　思
纏在我的髮際
濃鬱的烏絲
繫著你的夢期
滑溜的長蛇
輕輕地吻起
love love「靜靜的目送」love love
lover lover「月光的別離」lover lover

浪漫的花語

一朵代表你是我的唯一
花語是想像
盼有心人 憐香惜玉
深情款款的
解語花

花若勝如奴
花還解語無
不知君能否解花語？
～記否～
記否這是吟先第一篇～花之語～
還記得嗎？

〈是你〉
吟先何事 解花語

幽蘭深谷　鶯自開
若問含苞　待放來
翠袖粉綢　喜自栽

〈是我〉

無才可去補蒼天
枉入紅塵若許年
此係身前身後事
倩誰記去做奇傳
君子好逑為何？

真善美

此情永不渝彌補　願「天長地久」
8朵代表彌補，愛是恆久的忍耐
玫瑰三願
你說：鵬程萬里
我說：願那是天長地久
你真能捨棄嗎？

多少個風花雪月
換得幾個真？
雖舉棋不定，我執迷不悔
多少個相思之苦
換得幾個善？
愛是恆久的忍耐，犧牲與奉獻
多少個纏綿溫存
換得幾個美？

是樟樹的理性？亦是玫瑰的浪漫嫵媚

君須君自惜
妾須妾自知
莫將今日情
不如去年時

惜梅

緣起緣滅總有時
花開花謝只一春
惜取青春月圓日
莫待無緣空折枝
無由的憶起流逝的光陰……如過往雲煙
恰似一潭絕望的死水
注入永生的希望，
你我是否曾珍惜，
那永不滅的記憶～～

望情

有情天地、有愛人間、有夢人家
秋月星亦近，誰知覓何處
瞬逝繁花難再避
尋前塵，譬如朝夕
園中絲落地，盡千飄萬絮

牽引

2朵代表「你濃我濃」
纏綣的戀情總是一片淒
哪管濃霧包圍侵襲隱密
愛情路上盼有顆真心相伴
你的調色世界裡有深情尋覓
我的柔情煙幕中已任意揮灑牽繫
星辰日月　共度多少個朝夕

你我回憶中有浪漫也有輕狂
多的是愛慕　少了些對抗
你用深情撥動我心弦　悸動的心
交給你　別讓它受傷

尋覓

點……就像妳的五官似的，我再也拼湊不出妳的點在哪裡？
模糊了……妳更隱密了
哎！人生幾何

無悔

5朵代表「無悔」——勿忘我
情思
秋風秋雨愁煞人
晨來甦醒的領悟
卻是　找了一地的……
愁
我的心　告誡自己
勿念　勿戀……
但內心深處卻是一句……
——勿忘我——
已許久不曾開啟夢幻之窗
怕碰觸的是兩顆熾熱的心
只能留下一句……
遙望銀色的彎月
柔順的髮絲何苦……

斬斷情思
猶似……
輕輕地撫摸著
吻了誘人的背脊
呢喃的低訴
陶醉在溫柔的旋律中……
緩
緩
而
去
我不要
A journey of 10,000 mile faced by the roc鵬程萬里
我要
我想要
I hape（that）it will be as old as heaven and earth 天長地久
Once more you open the door and you′re here in my heart

每一次你打開了我心扉，而且長駐在我心坎裡

You're here, there's nothing I fear and I know that my heart will go on

只要你在我心，我已無所懼，並且我知道我的愛永不熄滅

順利

遠望東方～夢想天地無際～
遙望東方～謎樣的眼眸～ 夢幻 Feeling
6朵代表順利，像雞蛋花的淡淡清香

〈幻〉
遠望東方
穹蒼之美
夢幻青天雲彩
我願人生像是調色板
任意揮灑燦爛
我好想浪跡天涯
夢想天地無際 自然之美
遙望東方
傍晚時分
秋深意濃

忍不住淚盈滿眶
遠眺天邊
夢想著是你對我微笑
月落星辰
跟著彩雲飛
飛向未知的世界
我願化作那縷縷輕煙
飄向那未知的國度
迎向煦爛
Timing past by, deeply causes my feeling
Memory beats my heart
Every time when I miss, I feel so tender and sweet with love
只想輕輕的問　偶然
心湖裡蕩漾——緣分
喜相逢
I see you, I feel you……

緣

7朵代表喜相逢，好好珍惜

若是「緣分」可否化成千百個偶然
在夢裡眼裡　心湖裡蕩漾　迴旋

寧可這緣分是個無悔的必然
我的歡顏　在你的臂彎裡邊

只想輕輕的問
到底應不應該
……寧可必然

懷羞

懷抱天地
猶似含羞輕放的春梅
聚散依舊
挑燈未眠的是少女情懷訴新月
欲語　還休
無限思量紅男綠女的斜風細雨
沉淪情海
隔月觀日虛嘆過往

戀

4朵代表「誓言與承諾」夢幻女孩
戀
喜歡撒嬌的妳，可愛 可恨
放不下千變的妳　可恨 可悲
卿卿我我的時代
還是烙印著妳的唇印
夢幻女孩　妳什麼時候
才能長大

等不及妳的嫵媚
我的心更慌
抱抱我的女孩
告訴妳樟樹下的回憶
自然科學拋開一邊
告訴我文學的藝術

那賽珍珠的美
拋開希特勒……我的奮鬥

迎接妳璀燦的笑
給妳一個柔情的唇
告訴你
我愛你
嗯
你的承諾　一直縈繞著　揮之不去的記憶
在樟樹下自然科學的世界裡
文學藝術的薰陶下
我拋下了少女的矜持 迎向你
告訴你

雨絲

沒有岩石哪會激起美麗的浪花～
沒有付出小愛哪會完成大愛～
問渠哪得清如水為有源頭活水來～
你知道雲、雨，也有感情的嗎？
心可以飛躍千山萬水～
煙花燦爛為哪樁～

翩煙

撫琴瀟湘蝶夢翩
拂拭煙雲打扁舟
春池急雨弄雙燕
夏日絲長向仙山

祝福

〈一〉
人生的價值 追求什麼？
愛與不愛
捨如何捨？　放該怎麼放？
分擔了你的笑　分享了你的淚
愛與不愛？　懂與不懂？
相知相惜　惜緣惜福
關懷的一顆心意永不變
祝福您

〈二〉
我孤獨的站在海邊
思索著有情有義的未來
看波濤　看金色陽光
覺得內心的世界不再是那麼孤獨

我存在　因為你的心
萬物隨大地更生動
熱情與自然真、善、美去豐富每個人生的階段
追求的是
彼此存在於那心靈的悸動
彼此惜緣珍惜

心聲

輕輕的唱出有你世界的心聲
孤單心驚驚心痛是阮的目屎
心肝想你甘願想袂開的那暝
奈何橋上毋咁看你痛心袂定

有時候能寫出依照自己意思的心境也是一種幸福
而在此茫茫的人海中更是有著無以言喻的落寞與失意
但是切記當跟著文字天地飄零的心最後要找回自己
不要隨波逐流、傷心欲絕的忘了自己

冷淚

一彎孤冷的眉月
點綴著散佈的倩影
緊握著你
在這廣漠的靜
我聽著
我低垂著頭
紅著我的臉
我願在你的溫柔夢中甦醒

花間

譜出似網的猶豫與幻象的希望
來自花心葉脈的距離雖微
但也使我們的心卻似深的無法觸及的痛
在「尋」與「覓」的交錯時空～是否……
是否能再掀起些微的溫柔……
在晨中如絲絨的「綠」
於夜裡似花草愛戀的「盼」
依樣使我動容……而你……
而你……在我的心深處……
這
是怎樣的深情
直牽引著我
我把一生完全投於一種不可捉摸眷戀中
絕不懊悔
也不求憐

翔燕

記得美好的感覺
感覺思念的紛飛
紛飛春晨的輕燕
輕燕楊柳的冀盼
冀盼十里的花紅
花紅初夢的撫瑟
撫瑟起舞的翩翩
翩翩與君的癡絕
癡絕春江的靜月
靜月薔薇的相逢
相逢花蝶的人間

你記得快樂

想思

想咱的糖甘蜜甜
想你的隱約溫暖
想我的癡情思戀
想雨中親你的眼

黃玫瑰

別落淚
所有的花兒你最美
受了傷　別落淚
別讓淚珠濕花蕊
傷心和孤寂
更加的熱念
殷殷的期盼
淒涼地分別
奈何天
痛了
愛了
想了
哭了
曾經
吻的淚

笑的眉
漾的光
髮的美
將醒未醒

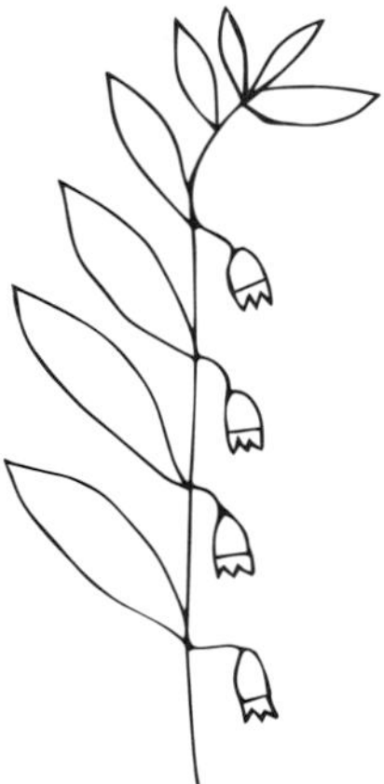

想

〈一〉

想

（～錯錯錯～莫莫莫～）

如何渡過漫漫長夜
使我無所適從
不得向命運低頭
～我曾夢想旖旎風光
奈何崎嶇的山路
直逼我萬念俱灰
～我不想做叱吒風雲
剽悍的女強人
但為何隱名後的小女人
竟然膽戰心驚
午夜夢迴時
憶起那猙獰的雙眼

總會心痛
但我願訴說
我的願
我的思念
清流

〈二〉

清流
～我願有剛毅的個性
而不是柔弱的逃避
我不再回憶勾起痛楚
荒漠甘泉裡說：
忘記背後
忘記背後的不幸，憂患都已過去，
忘記流浪的遭遇，抹去沉重的記憶
記得主的恩眷，助我渡過苦辛，
記得祂的醫治，我心快樂永恆
～扮演雙面嬌娃的角色是不容易的

但我願收拾起憂傷
做個人人羨慕春風滿面幸福的小女人
那已逝的春夢～～
你說：要耐心的等待
是的　我學習等待～～
鳳凰于飛～獻給您～吟先的夢～願

〈三〉

願

我願做個流浪的旅者
尋夢中的世外桃源
但我們只是滄海之一粟
曾經滄海難為水
責任未了　不可輕易說別離
而隨波逐流
太多的我願
你的夢想是什麼？
你願什麼～～

藝之鎖

學藝感想

心藝的再出發
在幽靜的歲月長河裡
就像離不開的～尋～
放在手掌心的是對你〈藝〉的
不捨與依戀
我……
還是背起了行囊
勇敢的划向
～藝之海～
加油了

風中早晨

我把一生完全投於一種不可捉摸的心境中
自己有著這種覺悟了
剪不斷
理還亂
離了水的魚
已失溫的冷
火般燃燒的心
以為曉風吹著我微笑的臉龐
你來稍遲
看見你來
忘了羞澀的握緊你的手
在風前踱來踱去的等著你
你來的急
相聚的時光雖然短促
然而幾十分鐘的剎那時間

已領略了世界上一切的幸福
因為我有了你
我便有了世界
有你在這裡
我愛
我能夠聽出風中早晨甜蜜的囈語
我能夠懂得真摯世界上所有的真理與愛情
相聚的時間依然短促
從你神祕的眼角與眉邊
我能夠看到你凝望你的
也是我癡傻心中永遠的純潔的愛情
我愛
我還希望而且要求什麼呢
我知道且相信
你一笑使我心更踏實了
晨曦透進來的柔
使我迎向你的目光更欣慰了
爐中的火不知什麼時候已經熄了

我的四周彷彿盡是沙漠
灰白的天
冰凍的大地
老樹昏鴉
只有風的狂吹與鴉的亂啼
我掩面而泣
於風中的早晨～我愛
我想把頭兒靠在你的膝上
幻想著你撫我的秀髮
親吻了來自晨暈中的淚

憐梅

萬點相思萬點淚
聽雨的湮絲
像霧般地、煙般地
爬進了~爬進了誰的心
花樣的年華，纖雲弄巧
願春長留
憐惜春梅，寒雪點點愁，
不歸~不歸~
直是客旅閒愁~蝶情依依
寄感春歸……
多情憐梅且惜梅~~

春去春回

台語創作

心驚驚～心痛痛
春天兮鳥雙雙飛～袂通是獨花兮蝴蝶
有時天光～有時暝
山盟海誓已徹底～
袂通抹記咱兮心內話～
傷一回痛一回～路途遙遠
疼惜兮心永遠抹變～～
春去春又來～
共心一聲～愛情寶貝

春天的薔薇

我說春天的薔薇，希冀重新閃些光芒
歲月的驚喜，甘心受縛束的心
心靈獨自的醉

漾

一個痕跡一個夢
建築在你我身上的是
如銀幕般的牽念
飄搖的生命
輕憐微顫的指
如失群的鴻雁
孤零
漂泊
夜盡更殘
動漾了心的傷
黑暗的幻影
遙望紫黛的山
我心深處
隨著畫作~筆尖飄揚
終夜燃燒

憂慮像一把無形的刀
狂飆在瘋與不瘋的年代
此刻
浮雲遮陽
得雨澤的北部
心卻似風絮的乾
哪堪
感嘆
不再
憶
與
恆

吻淚

心靈小品

我輕輕的吻了我的淚
讓他隨風
風亦冷吹了心的累
羞澀的髮
吸引著無數的悴
原來我正深嘗了糾纏的影
選擇了愛的無悔
我輕輕地惦起我的靈魂任由他……
任由他牽引著我走過月光的撫與吻淚

月語

我推開窗
偷看著月
月明清晰
萬籟俱寂
真美

灰淚

是安眠的時候了
來自空白間的灰
發黑轉白的日光
膽寒颸風幽思恐慌的凝望
心中如雲端的悶
傾聽塵擾的人世
我來自初冬無羈的鷹
隱沒在絕望驕媚的眼
期待
抓破空間
燃燒
淚的烈火
總夢想著如何把我的思
成為永垂不朽
當出窯的那一刻

我知道
我有了第一支表達我心靈深處的～花瓶
開片總是深深的吸引著我
其幽雅總在心靈深處悸動
詩書畫總是想把他真實的表達出來，而哪種是千年不變的呢？
所以我用創作的陶瓷來表達心的一切……
而你
是否也跟我一樣

思慕

碧天春容何時透心的影
夜夜跟你說盡思君的疼
滴滴珠淚雲清清意綿綿
真情真意怎堪是憂愁暝

習藝

五歲自「民族舞蹈」習藝
下腰～劈腿～雲手……身段武功……—縈繞在我心中。
小魚兒——孔雀林——苗女舞金鐶——
芭蕾、現代舞，我ㄉ最愛「天鵝湖」
一齣齣引我舞之入神的舞碼
最喜愛的～鳳舞～
記得舞蹈與音樂
帶給我們的喜樂與心靈之美～
藝術生活
希望您喜歡
在詩書畫的殿堂裡
我找到了自我的存在
以為我會煙消雲散
但發現原來我的心還在這

有了希望
有了期待
愛我自己愛你如故

撫琴

水花飛濺，灘底苔蘚
杜鵑盛開
疑為天上人間
說是夢，誰不真？
說是霧，心明瞭
夏至
摧殘了春日的夢靨
面前的荊棘，
是否有勇氣披斬呢？
和紘濃愁，殘陽籠紗
我正歡喜這恬靜的夜，
從樹葉間呆望著明澄的月，
輕輕、輕輕地……撫弄著
琵琶~猶似生命靈魂的……
……心……的狂跳……

春風寄燕然

願隨春風寄燕然
在陳跡湮沒處
從小就與舞有了很深的緣

我來自太虛的舞踏
增添了青春活力的風采
舞蹈與音樂若即若離了我的心
在舞臺漫舞著你和我
意在抒發感官情緒的澎湃

幾許相思

幾許相思幾許愁
愁入斷腸醒還憂
憂柳懷古滿庭舞
舞罷曲醉何許休

心曲系列

摧花雨

飄風裡～那塵土掩蓋
小窗愁黛
月牙雲堆
暮紅藏袖
風來花煙色輕放
晨起青空殘肢忍負
離絮朝暮
濡筆風霞殘山色
月色迷離
心靈一瞬天雲暫杳
夜摧花雨

四季夕雨～細語

乘風萬里

春就雨燕歸來

看盡幾繁華

一衷心語寄

縈愁踏雪秉握風流

在指縫間燃燒

晶瑩剔透玉裝輕素面

丹鳳飛臨七夕雨

築夢弦歌

隨雲逐月醉掩芳風

明月清照

風鬟窈窕

斜陽院落　碧落深情

飛花不斷

凡塵紅暈漸霰
「花瓣飄落
你的心不再有孤寂~我不要回憶~忘了吧！」

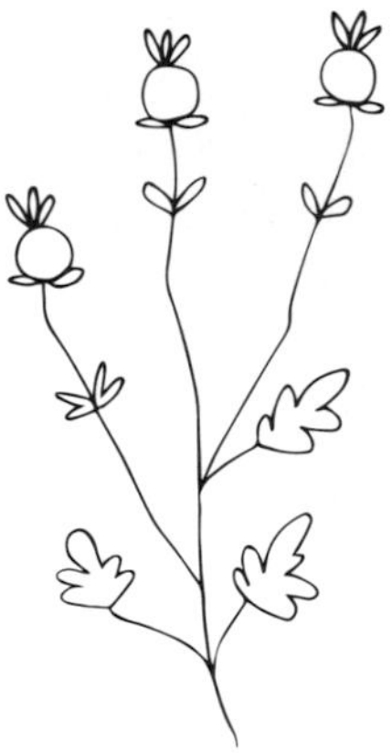

幸福

瘦影戲鳳凰
深花商亂我魂殘喘
你一定會找到幸福
我必須默默的~提起勇氣
不再想那風花雪月
雲雨雷
妳一定要幸福
我永遠在你身旁
望月　盼月
當太陽升起的那一天
我的成長會讓你看得到

弦情

陣陣影風涼
月弦思心防
起舞隨撥曲
琵琶幽樂彈

愛你

羽化成思
想你夜
輕輕
愛撫
憔悴
心欲碎　情似水
癡愛　成灰
花無力
葉無力
斷眷戀
淚滴　酸我心
濕我衣
往事
隨風　飄進眼裡

輕輕
情如醉
愛
你

菊影

秋滿東籬月滿天
淡痕重疊印階前
多情我也同陶令
醉臥花陰興欲仙

〈愁黛〉

秋滿東籬月滿天　柳上彎彎月　撥雲風神
淡痕重疊印階前　窗前鎖鎖眉　閒愁夢魂
多情我也同陶令　蘭肴兼桂釀　蹉跎紅塵
醉臥花陰興欲仙　靜待怨何誰　漂泊浪人

〈閒情〉
北斗深憂墜
西風細語吹
輕雲莫問雁
淡月眷依思

柔軟的情柔

宇宙
斷了翅膀的透
上弦月
清光的殘缺的
下弦月
過時的夏荷
霹靂牆內愛的情柔
射來悲的愁

睡蓮的憂鬱

嬌羞的睡蓮
靜靜地躺在柔水中酣睡
和甜蜜的憂愁
道晚安

〈弦索〉
情挑的弦索
柳梢頭晃著斑白的髮
吸引月光瘋似的癡笑
那是亂彈的八卦
深夜的琶音
從情人滑下的落花
飄忽的盪過水邊
夏荷光陰的訕笑
等了一季的親吻

弦似的謎　綁住你我
他說：像極了
情挑的索

風起

紗窗透著莫名的光影
忽略了月落的驚慌
是誰在說謊
風起的時候　在黑暗中
使我想起你
屬於一個新夏的少女
該有的夢想與希望
在利齒間坎坷的光
灑了滿地的傷
放在爪牙的掌中　不願夢醒

琵琶怨（序曲一）

輕撥霓裳舞衣曲
攏　撚　抹　挑
婉約幽恨冷澀

淚（寂寞的十七歲歌詞一）

冷冷梅　獨自流淚
黃昏愛戀　把心給了誰
想得太美　化成朵朵凋零的玫瑰
繁星閃爍　愛的試煉傷了誰

誓約

詩歌型小品

眼簾激情漫
波心隨雨寒
夜漾襲眷戀
醉風誓約殘

由衷

詩歌型小品

青絲縷縷歲匆匆
輕收離緒夢如風
舒眉放懷賞花紅
織香夢網情由衷

怨風

萬紫霞光旭日紅
幾番愁酒入腸中
弦音五十千年抱
燕語煙塵怨夜風

這些日子繼續整理陶瓷檔案，至少今生要去完成一個夢，是不會斷的。牡丹纏枝，花開富貴，是喜鵲嗎？但如今孤燕已單飛了～陶藝家如何使生活、工作，創作完全與陶瓷結合，人生的道路，何去何從，如何勇於創新，投入現代陶瓷創作的領域，也不忘傳統藝術之可貴，這是需要專心去研究與省思的。我，加油了！

簾後

歲月的輕舟游移～
襯映著微風～
淚眼愁網住
幾許披髮和影
我愛～最初的心是守在簾後

桂魄

桂魄離魂寄語難
虛空疏影慮何堪
焦琶愁品風雲雨
似我寂扉孤悴彈

那夜你吟了那首望梅花令，我的淚不由得潸然而下，我問自己，為何如此執著，就像在夢中的一首無名歌，我想唱出那思念，卻唱不出來那隱藏在內心裡的痛。

妝梳雲容朱綴　髮釵金簪攘袂　十里煙花含柳翠
笑落江南如醉　闌嫋畫堂人獨淚　傾國傾城何罪

在有限的光陰如何進入～進入無限的空間
在空白與空白間存著一思思的聯繫，當煙消雲散時，請記得
曾經停駐
月光森林

有我的夢想與希望
盼望
梅影綴幽巖　疏枝著冷衫
百花難競秀　雙鵲共呢喃

秋憐

詩歌型小品

一縷煙　惹人憐　水月情深款
彈指間　今繫緣　化作霞雲片
雨花潛　寄浩瀚　把眸淚楚酸
飄葉戀　思兩端　夢枕日月轉

秋思

詩歌型小品

秋風裡　入夢長　水茫茫　帶月寄語不勝寒
紙和筆　繫鴛鴦　絲柳楊　枕畔魂銷落楓殘
雨初停　隱含傷　悴心房　甜膩軟言寐難安
雲淡輕　情扉藏　思念狂　癡楞垂淚夕陽酸

秋茫

詩歌型小品

疊影參差　迎風搖曳　一葉隨波漾
高秋月冷　閒起情愁　絲撒斜暉長
獨坐西窗　點滴如珠　浮沉心繫郎
寸心灰燼　夜凝秉燭　飄零紅蓼茫

花綿

詩歌型小品

纏引花影無限念
想心遺落一夜寒
海角無際星眸遠
微光夜色詩闕眠

花影

花影多深愛且濃
葉影如湖墨痕中
笑眸輕掩想望風
舊纏漸映夕陽虹

心曲

詩歌型小品

雨花淚
寄浩翰
你在南
我在北

月思

詩歌型小品

夕陽落盡一滴彩
依戀思緒隨夢海
寂靜蒼涼獨自徘
隔窗盼月思中來

月光 詩歌型小品

青燈獨伴眸星光
紗帘夜色攀思量
殘破迷離隨空想
微微半月掛心房

月下流連逢杏雨
花前放浪笑春風
古詩云
（如果）
花——宛若精靈
孤芳自賞
黃昏自然風和雨

淩寒自開
暗香一枝
甘願如梅

愛情

濕潤的夜
一條河
無窮遠
如果
淚水是愛情
我願意——
望梅

秋夜曲

不知乘月幾時歸
桂魄離魂寄語難
蓼花淺水流
渺雲
何處
休

桃雪霜

伊人雪鬢擾
皓月霜桃悄
夢隨聊弄笙
飄泊風花了

孤荷

欲逢初夏起悲弦
眼看春風已如煙
拂我柳梢迎亂絮
荷心獨影接雲天

水中月

夢裡相思，迴情情縈
千里尋夢待月風意
野雁小喬淚灑斷橋
風幾重雨絲重
獨孤爭如不見渺
水中月
雨後的彩虹
落了花紅

風情

飛花落葉意未休
薄霧雲清驚夢愁
風情萬種逍遙遊
搖姿弄影總忘憂
潤瑩風月柳絮柔
簾後塵思青春留
暗香浮生輕漫舟
何來春風拂心眸

似曾相識

似曾相識的風花雪月開始放下是很困難，真正愛情是只取一瓢的，是非詩詞所能比擬，文字人人會寫，但刻骨銘心的真摯，是真正的烙入心海底，我已經封筆了，那風花雪月的似曾相識，永存相思的滄桑……

葬花吟《紅樓夢》

花謝花飛飛滿天，紅消香斷有誰憐
明媚鮮妍能幾時，落絮輕沾撲繡簾
感嘆歲月匆匆，而我的心，在何處思歇……

歲月琉璃
遠眺銀河盡頭
目送日落
重盼晨曦

親親

親親總是希望在寂寞的心田，給你給自己絲絲的滋潤。你說的每句話都深深的印在我的腦海裡，凝望深情款款猶似含羞迷漾的薔薇，屬於靦腆來自光的解語花，如同蒸發的露珠思量清晨的想。

只要你柔柔的十指
捧著我依著你凝思的小臉
我雀躍地循著聲音希望是你
雪開始飄蕩著沉默

菊黃風涼

春意看花難
西風留舊寒
菩薩蠻

菊香浮影
藝術的心與影子共舞
我～我孤冷的心，因不見你，日益消瘦的身影，是何等的悲悽……
歲月流沙雲間湮滅大地
銀盤殘影摧花燭風涼
念奴嬌問乾坤何處
拂我心頭一枝菊黃
殘夢斷腸

若是能夠，放下幾多的幽怨，遠離愁緒，
閒雲野鶴，朗月清風，游於藝也！

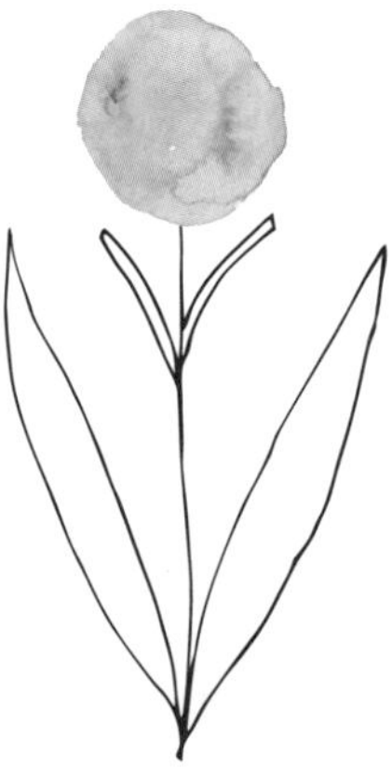

雲輕花夢

清風天際恨
赤日雲間單
花夢輕扇別
荷香高燭寒

風中淚痕抖落了一季的芙蓉。

梨花落

詩歌型小品

淚痕說話　浪跡東風破　彩霞天涯
雨織三更　無際梨花落　何處人家
腸斷一聲　問卿慰相思　紫煙嬌斜
聽盡幾許　飄渺滄桑時　夕陽女娃

雨蝶

詩歌型小品

雨纖纖風細細，你如何注入我的心頭，你如何的牽引著我的心。蝶依來不來，你來不來，紫彩秋菊依舊，白天飛躍黑夜，風淡掃雲豈，帶來滿眼的遺憾。你來不來，花開不開，我哭了滿懷的相思。你說的等待，聆聽三更的滄桑，彈撥無名的寂寞商曲。你說：花落已失去了自由，心蕊已泛成灰，玉露點滴，音塵別後，還是花影伴隨相思淚。

嗚嗚～～我的薔薇～我的四月天～不見了！！嗚嗚！！

我～不得不隱姓埋名的在這小小的音樂天地～哭泣著……

四月薔薇

來自清晨的薔薇
為你輕顫的溫柔
是誰也取代不了的
那屬於我們
一生一世的——
四月天

文心

弦月透窗
五月紛飛微揚
魂魄夜夜郁香
箭舞滄桑依戀之洋
心文緊握夢幻輕想
翅膀精靈吻醒花心四月薔
風中淚痕顫抖芬芳
幾許斷腸傷

黃玫瑰代表分離，而我的心——我的心，正在淌血……
嗚嗚~燕兒哭哭了

入夢

薰風最是困人，鎖不住翩翩思緒，
相思曲，千年之距，雨淚掬萬里，
在晨霧中，遙望海天傾聽浪花，
飄無濛濛落花入枕，訴心語。
舟船紅夢，依稀風款款。
雪峰吹曲已暮，昏斜何處為家？

燕兒心語序感

~倩~

把你的倩笑在心頭駐留
把你的話語在心頭重溫
雖難耐的氣息在空間漂浮
就如細雨霏霏
這雨滴使我有了無限的遐想
而我習慣了有你的存在的呼吸
燕兒心語。
燕兒與申老師學習船歌隨筆感言。
甚麼是真正文學~甚麼是真正的藝術~
隨著音樂的旋律~找到真實的真善美
那份的真摯~在新詩舊詞中流露無遺
而你在我的心深處
燕兒文藝創作感懷。

想

晬夏
一首憂鬱的詩
伴著芬芳
心～真的
想

愛

風雨秋池
我愛你
夜扁舟
跳雨
依思
期

願

希望
月夜
清照風
瀟湘雨
拂柳迎面
薔薇
依舊

心

心
尋著痕跡
依畔靜池的流光
愛情
在別人的故事裡
漾

思弦

遠岫如絲弦
映月羈旅獨流連
繡
紅豔
悠悠往事追憶渺渺天
滴露懸荷歲月
亂緒紛紛夜難眠
羽蝶重生水榭亭前
漾
初入凡海懸
時逢六月猶念
心竅戀風他鄉夜夜
燕兒習藝花瓶彩繪有感

春緋

春雷乍響
月光森林曾有的夢
原來愛
原來愛的真諦溫柔了你我的心
殘月孤獨依然如我
醉月夢醒心捲與紅塵溫柔
流傳了些許愛戀的故事
流水年華驚濤雲深不知處……
玄思心心念念淚離人

夜思

高山流水愁離恨
天各一方吟懷深
筆墨生涯怎入口
連宵淚滴繫知音

風雁

迎風飄揚　掩映花？
雨是這般　不絕連綿
賣酒人家　往來風雁
收攏漫天　萬闕詞間

鄉愁

鄉愁
笛月伴悵
離歌
青絲變白髮
月光
你在
照我嗎？

留白

等待嵌入你的形影
在像框變成留白之前

〈迷〉
妳的嬌媚
在迎往的棋盤上
冷凝薄霧般的
～迷離

不曾深切地去感受這首歌詞的美，細讀過後，沉澱了許久，
這感覺好美，既使它離我很遠

燕兒心夢系列序感

天長地久~究竟有多長
一生一世夠不夠

總是殷切期待妳的隻字片語，因為每次總會沉醉許久……
喜歡你緊緊的擁抱，最愛輕盈小喬紅，永裕鴛鴦心中。我好
怕在夢中消失了，但~~記得餘溫的溫暖……

你對著無際的海水凝思
我仰望著天空作著無遐的夢想
新的詩是給妳的~
知道嗎？
恩恩~
當我吟唱著音樂「船歌」的旋律，我的愛~我該如何訴說我
對你是如此的思念，而你在哪裡？

船歌 唱：鄧麗君　詞：藍依達　曲：藍依達

嗚喂　風兒呀吹動我的船帆
船兒呀隨風蕩漾
送我到日夜思念的地方
嗚喂　風兒呀吹動我的船帆
姑娘呀我要和妳見面
向妳訴說心裡的思念
當我還沒來到妳的面前
妳千萬要把我呀記在心間
要等待著我呀要耐心等著我
姑娘　我的心像黎明初生的溫暖太陽
嗚喂　風兒呀吹動我的船帆
姑娘呀我要和妳見面
永遠也不再和妳分離

醉夢紅樓

尺素紅葉心中愛
無託語難楓飄賴
梢枝葉落濃字猜
筆懸意紛詩深栽

燕兒筆隨感懷

雁兒在林梢，這是申老師每次看到燕兒的時候都會唱的一首歌，老師唱的非常棒，是個可靄可親的女老師好老師。

中老師說燕兒就像自己的親人，非常親切乖巧，跟老師學習唱歌的技巧是我學藝術後碰到瓶頸的時候給我莫大的鼓勵與活力。

燕兒真的希望能繼續的呆在老師的身邊，但發現課業非常繁重，該如何是好？不過燕兒想清楚了，先要把課業弄好，音樂寫詞沁入吾心也。

最最親愛的爸爸這幾天手術，心裡很難過著急，很想打給老師告訴她我的痛……

但~想想，燕兒該要自己爬起來的時候了，不能一直依賴著溫暖的翅膀。

申老師，要記得非常想念妳~愛妳喔！

燕兒心夢系列

愛過

沒有人能夠做到那麼的
瀟洒
沒有人能真正的忘卻
曾經愛過、傷過、痛過
的日子

（戀戀風塵）
風塵誰戀戀
溫柔
觸感吻火
喚醒沉睡的記憶
戀戀風塵
如濃墨似

狂風

為何空間又塞滿了

熱

昨日重現～我默默地舞著思念的大地，與自己對話吧！

黃金雨

懷袖飄然綠腰舞　雙燕夙緣良　月伴天涯　雙侶
鶯吟蝶緋黃金雨　嬌女鬪薔薇　小苑花開　如許
昨秋一別離人淚　今夜綺羅香　世事何哉　無語
窈窕商女弦琶墜　芙蓉戲鴛鴦　人情似海　隱去

燕兒呀燕兒
切莫執意遊盪於記憶深處
企圖尋找曾經殘流的幸福

惜

名成不識心中畫
夢醒方知腹裡書

記憶中你曾吟詠的一句話：
寒風的撕裂，雨的冷酷，霜雪的凌虐，把一切摧毀，山川憔悴，草木含悲，然後等待春天的新生。

演活我自己

任夢靨肆虐，只是弱者的表現
勇赴預約真情，強者才有永遠
弱者女人，莎翁名言再千古流傳
弱者男人，強弱之間有我的期盼
總希望在人生的舞臺上
演活自己
迎向陽光

最無價的，往往是無法握在手心的，就像愛情，最深刻的一段，永遠留在一個喚不回的角落，那裡是愛情的保鮮盒，讓戀人永不變質；璀璨如新……

情緣

來年晚菊千回憶
往日秋花幾度緣

清爽的秋風，有些許的涼意，讓薔薇攜來的問候，吐露無比的芬芳，讓人心醉，等待燕子春天的歸來，人生總是充滿希望。

再次憶起秋詞那幾句，句句縈繞在我的心坎里，繁花落盡，又是深秋，平添幾許愁，星空下，獨影徘迴，悵然依舊，可憐花容瘦……

人生不必強求，只希望一切平安！

離難

三寸日光
已匆匆
帆影夕輝映波瀾
山水遙距分寸難
咫尺天涯各一方
水中月望斷
戀風沙紅塵　遺落
光年　依傷

訴風聲

寒暮三更，哀柳風輕。
思心雁、醉盼風聲？
佾雲惹夢，縱寫吾卿。
訴對何人？雁低應？似曾經。
冬梅無助，柔香戀起。
透窗思、寂亦千情。
詩讀相逢，自在長亭。
默全殘月，辛酸處，字無聲。
詞。

南柯子。秋憶芙蓉

浦柳痕非綠。塘波寒曉紅。
晴煙縹緲醉秋風。
一魄籬魂迴翠、碧雲中。
采夕輕霏雨，青衣渡寂虹。
暮沉歸雁憶卿宮。
萬縷閒愁千湧、戀芙蓉。

距離

月光如絲般的溫柔
任我想起
長手長腳的你
憶～你在哪裡？
抓到了嗎？多少寒冷的年歲

空茫的遠距離
不再灑脫～不再浪漫

崩裂的六道輪迴
訴說著
時光倒轉如阿修羅
～寂寞的夜

希望

無由的憶起三載流逝的光陰——如過眼雲煙
恰似一潭絕望的死水
注入永生的希望
你我是否珍惜
那永不滅的記憶——或
學習遺忘
小孩嬉鬧的笑聲
亦是冷漠的訕笑！心痛的是——
午夜夢醒時耐不住絲絲的思念……
也許你我都該學習遺忘
來自冷冷的風——
吹向心靈深處　靜的世界

燕兒戀戀風塵序感

「記得我們有約」
這甜美的歌聲
輕唱著
唱出我心的旋律
～當你離去
可知我的心　也
消失得
無影蹤

「當燈火漸漸熄滅　忍不住的多看一眼
那條最初最後的地平線
帶我走過曠野　帶我走出思念」
一曲〈夜思君〉～有情花果藏心中，無情天地誰來憐，不帶
花期花自開，君來憐。

似夢非花客非客
千愁淚夜吟非吟
百難此醉境非境
影影紅塵語非語

新生

細數多少的歲月，望斷雲和山
在這沉思了年多
醞釀了幾許溫度
不求相知相惜但求人事亦非時日
夜未央千年孤雛淚
輕喚無情有情還
黃河蒼蒼長江瞬傷
戚然記憶之窗引破濛濛煙雨
心酸靈魂潸然悲歡哀樂
莫負
西牆
似殘陽溜下　的紅
重覓
歌頌與讚美維納斯的體溫

祝福如你祝福如我
新生的蓓蕾再次綻放
月破情意夜凝花無語
殘冬匆匆
初春未歸
浮萍戚戚怎生忘得

纏

旋轉與波動
專注天地間親密的一線
期盼壓力點的紓解如纏絲面的想
牽住你我
舊雨遙思新雨中
希望與光
在憂鬱的點線面
是如此愛的荒唐

來自遠方的眼
兩地思愁望穿斷腸的憐
魂醒驚夢旎旖遙想柔的戀

醉風煙寒

五夜風　曾知否　霏微時值四月天
一聲多　愁何事　花氣醉香傲寒煙
懸日月　雲漢迢　東籬媚人雨後堅
歲華深　誠難測　縱知無蹤吟無邊

秋纏

凝筆姮娥輕纏
依戀
慵懶思緒風的懷
如迷秋夕盈的光
詩情詞意相濡浪漫
風呢喃水中央

傾國傾城

永存的一首情詩
在霧的森林
瀰漫著無題
無言的遠望……

寄情有情天地永恆的剎那
追尋那如浮萍般的夢幻
當屹於冷風中，
離鄉背井
寒風颯颯
吹亂了髮絲的剎那間

夜未眠

直到生命了盡頭
心繫哪堪燕蝶歡
無意怎解悠悠錯
驚覺方知淡淡愁
……
淡淡
點
輕輕
綠綠
泛
青青

墜東風

輾轉在紅塵裡微醺歲月
細雨乘風悠然身清盈
千山峰霓江樓獨對
緣聚緣散
般若黃花
幾度漂紅東風
逝水幽蘭淺淡疏容
春催江潮來如風、去無影
武陵浥心塵含煙忘遙輕
醉衷懷吟薇薰粉
夜未央
滋花枝頭
放夢作飛仙
低眉宵涼

失落小喬子夜歌餘溫
枕無盡心衷

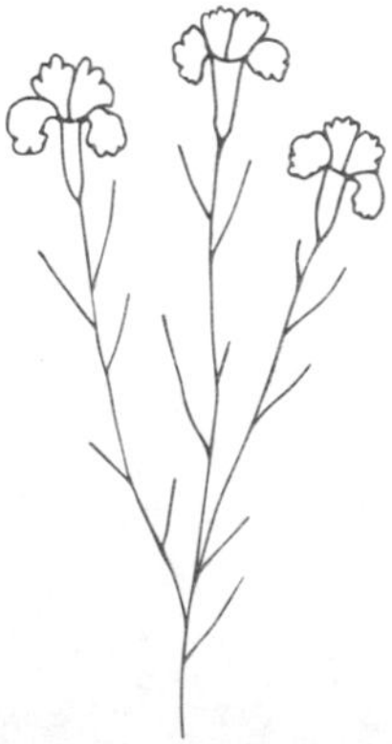

爭如不見

爭如不見　見了還休　爭如不見　幾回相見
燕子來時　來時黃昏　黃昏歸燕　歸燕昏黃
燭影曉夢　夢離天涯　離恨宵遠　影恨築夢
一枝瀟灑　依依悴愁　愁悴衣依　瀟灑一愁

風影

仿〈蝶戀花〉

音寂琵琶弦不語
夕照油桐
夢幻情飛絮
無奈春風飄散去
隨心有意相思處？
聚散依依煙柳雨
蚓亦輕鳴
感念人間苦
翠黛影愛憂幾許
黃昏燕悴萬萬縷

心筆

漫卷來時路，人在浮香處，創作是條漫長之路，但～堅持，歲暮天寒；加油！

深夜
以心為筆
以血為墨
終究等不到你

〈癡荷〉
乍看青錢影映池
點珠欲出滴參差
墜風香蕊心初綻
想是情魂一夢癡

經過淒厲的冬天，春燕呢喃，夏天也來臨，而你在哪裡？

呢喃風燕系列序感

淺淺的思念猶如淡淡的清香
一抹來自遠方的祝福，是否痛了彼此的心靈。
一顆真誠的心是否感動了來自遠方的祝福。
總希望用最真誠的詩篇寫成美麗的回憶。

〈哭泣的薔薇〉

將一個靈魂送給你，住在小河流的精靈，在微笑中，露出閃亮的白齒，可是此刻的我還是非常的想你，雖然心裡對你的想念起了一個深刻的眷戀，但是表面上還是裝得若無其事。

今天，黃昏的時候，天空下起了傾盆大雨，因為想你，想你對我說的每一句話，讓我感到很委屈，不知不覺摔了車；磨破了腳，好痛……好痛，心也好痛……感到一種無名的憂傷，一種不可克制的恐怖。

我的靈魂好像被帶到千里之外，想到生與死，小小的心靈，感到很受傷，在夜間，我的心靈用種種虐待來啃噬自己，苦惱著為什麼你總不能了解我對你的真情意。

那一天送走了你，想著不知道何時才能再與你見面，每次離開你，都會想說這是最後一次擁抱著你，也許一生一世都不能再擁有你。

溫柔的薔薇，飲著月光的姑娘，我的蜜糖，我的親親，此刻只要你挽留我、了解我，我願意，和你一起去，去一個屬於我們的小花園。

我希望能夠親吻著你的臉頰，輕輕地包裹著你溫柔身體的衣衫，我願我的撫愛變成為你的衣衫。

在小花園裡，把一切都忘了……

荷鎖

夏依蟬意濃
隱作痛
花葉不得見
情何時休
飄花雨浸淚濕眸
眉鎖臨風撫離憂
難掩織網惹荷藕
香箋解語月凝愁

春燕

春鶯燕，正芬芳。
一雨花心愴。
毀了風光，夜消長。
無須直問髮如霜，
寂寞似空琶唱。

〈吻風〉
我何時才能擁有你
春雷花瓣淚成灰
在那薄霧的清晨
不獨不滅地加重了
我的思念……
我的伴侶～我是如此深切地愛你
只怕～獨月無心夢悴來
我吻著你的照片……你的眼--
我深吻著你的髮……

絲月

彎彎玉月
陣陣西風
箋訴離殤
縷擾紅妝
夢裡煙花
滴淚天涯
低雲紫霞
何處為家

問情

美滿的夢正添醒後的悲哀元素
不解相思愁雲心頭
旭日輕風盡展歡顏
朝來夕往憶念可留可不留
驚膽顫寒
跳躍著不寧的心　是否長久
一眼望穿
花落紅塵終不語　秋水三尺
欲休還羞　萬籟般寂寥
銀樣的月色　幻想人生的虛幻與癡
濃密繾綣
潮水猶愛　戀你如故
是否明瞭

希望您喜歡
在詩書畫的殿堂裡
我找到了自我的存在
以為我會煙消雲散
但發現原來我的心還在這
有了希望
有了期待
愛我自己愛你如故

雖然生活很多話但我相信只要在天之涯地之角，一樣會使我們的情誼永存。

至少現在我們還是同看一樣的月光，呼吸著每天清晨心的喜悅

雖對未來未知的虛幻，心存疑問與不安，但希望～真的希望我們皆能平安快樂……

暮春即事

輕塵夢醒牡丹開，亂滴今宵淚濺猜。
飛蝶翩翩楊柳曳，舞鶯囀囀把心栽。

暮春詠懷

醉月吟風入妙詩，花心有意映漣漪。
暮春百合飄香味，只惜偏開獨一枝。

惡夢

這些日子以來我一直作著噩夢；哭著醒了~醒了哭了
我不知道為何這樣，我無法再寫任何文章詩句
我無法去回想任何過往，我害怕過生活
這些年來我一直依賴一個信念

我看了一篇又一篇的對應，我欣賞了一季又一季的過往
那些訴說風花雪月的相思曲換來一夜夜的殘酷與哭泣
人生沒有能力選擇對錯~無能為力~一如人性~
代價呢？心~永遠的沉淪

那些醉月吟風的夢裡
我害怕醒來
我害怕被人拋棄
我害怕被人摔碎花瓶
我害怕被人打的遍體鱗傷

我害怕被人撕破字畫
我害怕看到事實的真相
我更怕發瘋的自己
不停的哭泣

經過藝術的洗禮
我是誰
是
深藏在薔薇
的
精靈

〈那些風飛的日子〉
依期邀友春秋閣
問夜吟風日月潭
花落有情似無情
聽花颯颯柳來風

花落無情似有情
瑟懷痕月絮還生
隱弦思撥尋風意
棲影孤星窒五更

別喚我醒來啊……七里的綠籬～關不住的心，已隨淡淡花香飄去
向你……

衣帶漸寬終不悔
為伊消得人憔悴
我輕輕地閉上眼
想的念的都是你

仿浣溪沙〈春依秋別〉
蝶影花穠伴夢宵
雙飛哪須怨風飄
孤燈難別淚魂銷

此夜琶聲窗叩冷
寒枝搖曳一聲寥
月移單影咽天遙

我孤獨的靈魂
在黯淡的燭光下
對著自己的影子
喃喃私語

孤獨是暫時的
就算是燭已燃盡
終有天明之時

國家圖書館出版品預行編目資料

十七歲的少女情詩書／吟先著.　--初版.--臺中市：白象文化，2018.7
　面：　公分.
ISBN 978-986-358-379-0（平裝）

851.486　　　　105008942

十七歲的少女情詩書

作　　者　吟先
校　　對　吟先
插　　畫　賴紋儀
專案主編　林孟侃
出版編印　吳適意、徐錦淳、林榮威、林孟侃、陳逸儒、黃麗穎
設計創意　張禮南、何佳諠
經銷推廣　李莉吟、莊博亞、劉育姍、李如玉
經紀企劃　張輝潭、洪怡欣
營運管理　黃姿虹、林金郎、曾千熏
發 行 人　張輝潭
出版發行　白象文化事業有限公司
　　　　　402台中市南區美村路二段392號
　　　　　出版、購書專線：（04）2265-2939
　　　　　傳真：（04）2265-1171
印　　刷　基盛印刷工場
初版一刷　2018年7月
定　　價　300元